世界著名少儿 ◆ 科幻故事系列丛书

外星人来到地球上

高 帆 主编

吉林人民出版社

图书在版编目(CIP)数据

外星人来到地球上 / 高帆主编. -- 长春:吉林人
民出版社,2012.4
　(世界著名少儿科幻故事系列丛书)
　ISBN 978-7-206-08838-4

Ⅰ.①外… Ⅱ.①高… Ⅲ.①儿童故事 – 作品集 – 世
界 Ⅳ.①I18

中国版本图书馆CIP数据核字(2012)第077274号

外星人来到地球上
WAIXINGREN LAI DAO DIQIU SHANG

主　　编:高　帆
责任编辑:张文君　　　　　　　　封面设计:七　洱
吉林人民出版社出版 发行(长春市人民大街7548号　邮政编码:130022)
印　　刷:鸿鹄(唐山)印务有限公司
开　　本:670mm×950mm　　　　　1/16
印　　张:12.5　　　　　　　　字　　数:150千字
标准书号:ISBN 978-7-206-08838-4
版　　次:2012年7月第1版　　　　印　　次:2021年8月第2次印刷
定　　价:45.00元

如发现印装质量问题,影响阅读,请与出版社联系调换。

编选及撰稿人（按姓氏笔画为序）：

云　篷　王文瑄　田　苇　孙一祖

孙　淇　孙天纬　吕爱丽　宋丽军

宋丽颖　邱纯义　张　岩　贾立明

前　言

今天，世界已进入了一个科学技术不断飞速发展的新时期。成长中的少年儿童作为未来世界的主人，更以非凡的热情关注着时代的发展，关注着灿烂的明天。对于正处在蓬勃、向上最好幻想的少年儿童来讲，科幻小说既能满足他们阅读生动故事的兴趣，极大地启发和引导他们的想象力，又能满足他们探索奥秘以及富有英雄主义精神的追求不平凡光辉业绩的心理，从而使他们在津津有味的阅读中，增长知识，培养科学精神，并进一步激发他们探索科学奥秘的热情，燃起他们变美好的幻想为现实的强烈愿望。因而在阅读中，也必然对科学幻想性作品有一种如饥似渴的需求。为了满足少年儿童的需要，我们编选了这套"世界著名少儿科幻故事"系列丛书。

科幻小说即使从被普遍认为是世界第一篇的玛丽·雪莱的《弗兰肯斯坦》算起，至今也已经历了180年的发展历史，积累的作品浩如烟海，尽管以"优秀""著名"来加以限定，可选读的作品仍是琳琅满目，美不胜收。我们根据少年儿童的阅读心理、审美趣味和接受能力，从灿若繁星的中外科幻名著中选择了120余篇(部)，为方便阅读，大体按题材、内容分编为8册，即《割掉鼻子的大象》《宇宙飞船历险记》《外星人来到地球上》《头颅复活了》《机器人逃亡了》《穿越时空的飞行》《神秘的魔影》《不死国》。

每个分册作品的顺序，大致按地区和作品产生的年代排列。先欧洲，以英、法为首，这是因为不仅公认的第一部科幻作品《弗兰肯斯坦》产生在英国，而且被誉为科幻之父的凡尔纳以及其后另一派科幻创始人威尔斯，也分别为法国和英国作家，这样排列自然也就适应了按年代排列的要求。次为美洲，这些以被誉为科学奇才的阿西莫夫为代表的科幻作家们，开辟了世界科幻创作的新的黄金时代。再次为亚洲，中国排在最后。中外两个部分，中国本可以在前，也可以在后。排在最后，既标志了中国在亚洲的归属，也从时间上自然标志了中国现代科幻著名作家、作品的产生晚于欧美。

对所选的作品，两三万字以内的全文编入，而三万字以上的则采取缩写的办法，编入一个保持了原作概貌的故事。这既是因受篇幅的限制而采取的措施，也是针对少儿读者这一特定对象的欣赏习惯而确定的一个原则：向他们介绍一个有趣的科学幻想故事，只突出其故事本身的魅力，并不强调原作作为小说的风采。毫无疑问，译者的劳动为我们的缩写提供了方便条件，我们充分尊重翻译家们的劳动，并对他们致以深深的谢意。但还要说明的是，有些篇参照了不同的译本，有些对原译文字进行了较大改动，为了本书格式的统一，缩写稿的原译者就一律未予注明，在这里也一并表示歉意！

为了编好这套书，着手之初，我们已与部分作者、译者取得了联系，得到了他们的支持，有的作家还热情地为我们提出了一些十分宝贵的建议，我们在这里深表感谢。但是也有一些作者、译者，我们至今尚未联系上，或因地址不详，或因出国、退休，信件无法送到，我们深感遗憾。相信这套书的出版，会使我们之间得以沟通，并希望得到大家的谅解。期待着给我们来信！

高　帆

目录
contents

contents

星　孩

〔英国〕伊丽莎白·凡塞特

公园里静悄悄的，静得让人觉得凄凉。可一小时以前，这里却是一片欢声笑语，孩子们在游戏，大人们在漫步。现在呢，就剩下一个小男孩，孤零零地坐在一条长凳上。

天越来越晚了，眼看就是黄昏，公园就要关门了。

一位名叫兰肯的警察走到孩子身边。

"年轻人，该回家了。"他说道。

这孩子抬头看了看他，说："我这就回家。"

"等着你父母来领你回家，是不是？那他们可得快点来哟！公园马上就关门了。"

"什么？"孩子问道。他看上去像寻思着什么事。"你们的公园也跟我们的一样在黄昏时分关门吗？"

警察苦笑着回答道："说不定全世界的公园都是这样，怎么，你不是本地人？"

孩子摇了摇头，什么也没说。

"那你是哪儿的人呢？"兰肯问道。

孩子犹豫了一下，接着说道："我——呵——我是宇宙人。"他说到

"宇宙"这两个字时沉思了一会儿，然后点点头说："对，可能这个词这么用是合适的。"

兰肯先生纳闷地看着他。"你在说什么啊，我的孩子！"这个孩子使他感到有些莫名其妙，也感到不安，甚至他穿的衣服也叫人感到别扭，因为现在这里并不时兴这种打扮。

"我知道你会奇怪的。"孩子答道。

兰肯先生皱了皱眉，心想：年轻人现在总是搞些新鲜玩意儿。

"你的父母到底上哪去了？孩子。"他问道。孩子两眼向上望着，用手指着天空，心平气和地说："他们在那儿。"

"唉，可怜的小傻瓜！"兰肯暗自想着，难道在这个世界上就他一个人吗？然后他又皱了皱眉，心想：肯定有人正在寻找他，那个人说不定就是他的保护人。不等兰肯再问他什么，孩子便接着说道："一会儿我就去找我的父母。"

兰肯仔细地盯着这个孩子，不由得露出惊讶而怜悯的神色。他想不到一个年纪这么小的孩子能够说出这种话！

"好啦，孩子，别说这种话了——这跟你的年龄可不相称。那么，你已经——"他实在不忍问下去。而这孩子则茫然地看着他。

"我不明白，"孩子说道，"你说的是什么？"

"你的父母，孩子，"兰肯说，"我很遗憾，他们已经去世了，可是——"

"去世了？先生，你为什么这么想呢？我可没说他们死了。"

"你说了！"兰肯不客气地说。他没再往下说，因为他有些生自己的气，后悔不该跟孩子发火。"我说，孩子，"他心平气和地继续说道，"你刚才说你的父母在那儿，"——他用手指了指越来越黑的天空——"而且你马上就要跟他们在一起。"

"是的，长官。我应该叫你长官，对吗，先生？"

兰肯先生点了点头，一时不知该说什么好。

"我在等我的爸爸、妈妈。"孩子继续说。"他们是在那儿，他们过一会儿——"说着看了看手腕上像是手表似的什么东西。兰肯越发奇怪了，他想，他手上戴的显然是看时间的东西。"我想照你们的说法，大约再过三十分钟吧。"孩子最后说道。

兰肯皱着眉头瞅着这孩子。心想：他怎么总是说他的父母过一会儿从天上下来接他，这到底是怎么回事呢？你的父母难道坐着飞机到公园里来吗？……难道这就是他们要一直等到黄昏之后才来接孩子的原因吗？要真是这样，我可要照法律办事了。

"孩子，你的意思是说，"兰肯这回尽量显出严厉的口气，"你爸爸妈妈一会儿要在公园里降落飞机，是吗？我可要警告你，要真是那样的话，我将不得不把他们抓起来，因为他们非法飞行、非法着陆，还有非法在公园关门之后在这儿逗留！"

孩子叹了口气。兰肯心想：别着急，说不定这孩子故意跟他逗趣！孩子说道："长官，我爸爸妈妈他们不会在这儿待很久的。他们根本不在这儿着陆。他们就悬在那儿——大概也就到树尖上头那么高——然后我就被他们吸上去，你就可以关上公园大门回家去了。"

啊，天哪！兰肯心里很生气。这孩子说的都是些什么啊？什么"不着陆"，什么"只是悬在半空"，还有什么"他被吸上去"？把他给吸到哪儿去？他想弄清楚这孩子是不是一个小无赖——一个从哪儿的少年精神病院里逃出来的精神病，或者是一个专门四处供人取笑以换取一根冰棍解馋的小胡闹。

"事情就是这样，长官。"孩子蛮有把握地说。兰肯觉得在这孩子的话音里有一股戏耍的味道。"我爸爸妈妈一定会在公园关门之前到这儿来的。"

"他们可以来，"兰肯十分严肃地说，"但不能是飞进来，也不可能悬在半空，更不会把你给吸走，不管是怎么个吸法。他们要像普通人一样——两只脚走进来，要是他们不想被抓的话，他们得老老实实地来，要么就别想进来！”

“他们会来的。”孩子说道。

“那好，要是他们不来，你可得跟我走，知道吗？我们不能让你一个人坐在这儿过夜，这是不合法的。说实话，我看你还是跟我走的好。”

“可是，要是我不在这儿，他们会担心的，他们会着急的。所以我必须等着他们，你说是吗？”孩子的声音里充满着焦急和渴望，几乎带着恳求。“爸爸妈妈让我等着他们，别到处走。”

兰肯开始感到自己要发火了。“这么说吧——你到底是从哪儿来的？”

孩子没有回答。

兰肯这时心里有一种令人不快的想法：难道这孩子是被抛弃的吗？在这个地方发生这种事可不是头一次了——父母把孩子留在这个公共场所，让孩子在这儿等着，而他们自己则趁机悄悄溜掉了。

“他们会来的。”孩子再一次说道。听得出来，他的声音不是固执，而是坚信不疑。

“你跟我一起等着吗？孩子问道，“啊，那可好了，我要让你看看我们的船。”

“船！”兰肯惊奇地喊道。“可是离这里最近的港口也有一英里远呢！你的父母他们怎么办呢——难道在公园的池塘里抛锚吗？”

孩子笑了，似乎明白兰肯困惑不解的原因。兰肯见了不由心想：这孩子头一次表现出同普通孩子一样的性情。他不禁端详着孩子的小脸，感到他笑起来像一朵花。不管他是谁，也不管他从哪儿来，反正这孩子没有病。他开始感到安心了，可忽然又有些生气。说不定他真是一个聪明的喜欢恶作剧的小家伙。听孩子说了下面的话以后更觉得他这种估计没错。

“我是说‘星船’，”他说，“这是一只会飞的船。它已经绕着你们的行星做了好几次侦察飞行了。"

"我们的行星？"兰肯惊讶地喘着大气，"这么说你是从另一颗行星上来的喽？"说着，他的困扰突然一股脑儿地消失了。当然喽，没错！他感到真应该责怪自己怎么会一直没往这方面想。科学幻想嘛！近来孩子们都喜欢这东西，故事情节越离奇，孩子们就越喜欢。而这个孩子的脑子里充满了这些玩意儿。可是，在这么个地方、这个时间孤零零一个人来体会一种特殊的幻想意境，未免有些太荒唐。

"好了，我说孩子，"他和善而坚定地说，"科学幻想这套玩意儿我全知道。我明白，看科学幻想小说很有趣——什么宇宙探险和星际旅行，还有从其他行星来的生命什么的——但是笑话毕竟是笑话，再说，这么晚了，还在这儿开这种玩笑也不合适——"

"什么小说？"孩子打断他的话，听得出来，他有些不高兴。"在我们那个行星上可不光是读读这些小说就完了，我们还干了不少事呢！"

"啊，我们这儿也是这样！"兰肯不客气地说，他连想也没想。"我们已经在我们的月亮上着陆好几次了，甚至还考虑在那里建立基地，而且——"他突然又停住不讲了，他为自己刚才的反应而感到吃惊。那不是等于事实上相信这孩子的话了吗？不是正好上了孩子的当了吗？他禁不住有点生气，是为他自己这颗行星有这样的成就而生气呢，还是为这些成就的不足而生气呢？看上去这孩子好像真是从另一个行星上来的，而且是乘着一只星船来的！他想，不如跟着这个孩子，看他个究竟，直到他的父母来了再说。

"这么说来，"兰肯说道，"你是乘着一只星船到这儿来的，是不是，孩子？喔，大概是吧！你看，我怎么原来没想到这一点呢？你乘的星船是一个飞碟，是吧？"他说着笑了笑。"可你看上去却不像是个绿头发绿脸的外星人啊？"

孩子笑起来了，他笑得那样自在，那样欢快。兰肯心想，我只当是在黄昏时分、在快要关门的公园里玩一场打哑谜的游戏吧。

"在我们进行星际旅行以前，"孩子说道，"我们那里也有关于飞碟的说法。可是你知道吗？我们在宇宙飞行方面非常先进。"

"啊，我们也曾经有过那一类飞船。"兰肯兴致勃勃地说，"在星际旅行方面我们也曾经干得很漂亮。"

"真的吗？"孩子的声音和表情显示出对这件事十分感兴趣，"后来怎样呢？你们为什么停止了呢？"

"没有钱了，"兰肯说，"人也成问题。很少有人愿意一辈子坐在一只船里到各个星球去旅行。"

"当然不愿意，"孩子表示同意，"因为你们的飞行速度太慢了，最快也不过跟光的速度一样。我们可没有这个问题。"

"真的没有？"兰肯问道，一面使劲忍住笑，"我想知道你们是怎样克服了那个小小的困难的。"一边说着，一边心里暗自好笑，想不到他自己也善于玩这种游戏了。

"啊，那很简单，"孩子解释说，"我们发现了比光还要快的秘密。"

"可那是不可能的！"兰肯反驳说，这会儿他完全忘记了这是幻想，"你可不能太离谱了，孩子！"

"什么事情都是可能的，"孩子平静地说，"只是等待着我们去发现。"

"去发现比光还快……？"兰肯嘲弄地说。

"这是可能的，"孩子重复说："你看我，不是到这儿来了吗？"

兰肯忽然感到黑夜正在包围着他们。他发现这夜色中的公园是那样荒凉、寂静，静得使人不安。他想，够可以的了，他原本不该鼓励这孩子这样胡思乱想。他得把他带回到现实中来，使他正视这样一个事实：天越来越黑、越来越冷了，公园就要关门了，要是他的父母不快点来……

"听着，孩子，"他说道，"探险是有趣的事，而且肯定将来有一天我们还会真的去进行宇宙航行和探险。可是要让我们大伙儿都坐上宇宙飞船，在另一个星球上着陆，坐在另一个世界的什么公园里，那还是许多许多年以后的事。另外——"忽然他眼睛眨了一下，"难道你真的相信，如果有另外的世界，它会跟我们的一模一样吗？有相同的文化、相同的人、相同的城市、相同的警察、相同的公园、图书馆、博物馆……一切吗？要是我们什么时候能这样轻而易举地到达别的世界，而且发现那里存在着生命的话——按我们的科学家的看法可能有点希望——那将是别的形式的生命，而不是像我们一样的生命，孩子——不是像你和我这个样子。"

"你说得不对，"孩子和气地说，"我们俩的样子是一样的，不是吗？你现在不正在跟我讲话吗？你不是也能听懂我的话吗？"

"这么说你真的是从另一个行星上来的喽。是不是，孩子？"兰肯问道。

孩子点了点头。"我的父母在我们那儿的航天军司令部飞行舰队中当头头。"他骄傲地说，"事实上，这次他们并不太希望我到你们这个行星上来，可我还是来了，因为我想成为第一个在你们的世界上着陆的孩子。由于我们已经围绕你们的行星飞了好多次了——看起来这里还很安全、友好——他们就让我来了。"

兰肯认真地点了点头，差点没笑出来。

"不单单是这些，"孩子继续说道，"同时这也是一种策略考虑。"

"策略考虑！"兰肯心想，这么点儿的小孩子就能说出这种复杂的字眼，可真不简单。当然，他一定是把科学幻想里的内容都背下来了，至少是能够做到对答如流。

"你知道，"他接着说，"我觉得最好是先让孩子们在你们这个星球上着陆，这样就不会使居民受到惊吓——当然并不是说有什么令人害怕的东西——我们那里的人对你们并无恶意。"

"那我很高兴。"兰肯郑重地说。

"我为什么第一个到这儿来，还有另一个原因。"

"你是说因为你的父母在'航天军飞行舰队司令部'里身居要职，对吗？"

"不，先生，不是这个原因，"孩子说道。他根本不理会——或者说不知道——兰肯无意识露出的嘲笑口气。"我是唯一经受了充分训练而能够适应你们星球上的条件的孩子。这些条件有各个方面——大气、语言、环境等。"

"噢，"兰肯说，"看来你干得十分出色啊。你的外表跟我们相像，说话跟我们相像，而且我想像你思考问题的方式也同我们相像。实际上——"现在他毫不掩饰地笑了——"你就是我们当中的一员。"

孩子点点头表示赞同。"你说得对。现在看来，那些严格的训练有许多是不必要的。你们看上去几乎在各方面都同我们相像——当然，在宇宙飞行技术上还不如我们先进，而且对你们自己的星系以外的银河系还处于比较无知的状态——但是你们仍然可以同我们的人种一样得到进步的。

"你知道，我们多年来一直对你们的星球进行深入的研究。你们这儿的人种有一两个功能是我们也想拥有的，但这并不很重要。你们有许多需要向我们学的东西，我敢说，要过许多年以后你们才能学会。当然，你们没法到我们那儿去，而我们肯定能够——而且愿意到你们这里来。"

"来侵犯我们吗？"兰肯装出十分警惕的神情问道，一面竭力忍住别笑出声来。

"啊，不是的！"孩子大声说，似乎他感到有点震惊。"不是侵犯，而是友好访问。我们的用意全是友好的。"

"那么你们那颗友好的星球叫什么名字呢，孩子？"

这一来，孩子第一次显出躲躲闪闪的样子。肯定，兰肯心想，他可能还没来得及给他的行星编造出一个合适的名字呢！

"对不起，长官，"孩子终于说话了，"我这次执行的是一桩半秘密性质的使命。虽然我们是作为朋友到这儿来的，我们还是不能泄露出我们星球的名字和位置，以防你们这儿有人会对我们采取不友好的行动。"

兰肯仔细端详着孩子脸上那认真的神情，一双明亮智慧的眼睛闪着兴奋的光芒。他想，他使得这孩子更加着迷了！他开始感到自己刚才不该鼓励他再胡扯下去。"好了，孩子，"他说，"我也有过年轻的时候，但是——"

"你也年轻过吗，长官？"

兰肯瞪了他一眼。"我当然年轻过！"他不客气地说。

"这对我很有启发，"孩子若有所思地说，"我过去一直认为这个星球上的居民一生下来就是这么大。"

真是荒唐到家了！兰肯想。他肯定是一个专门搞恶作剧的小丑！"我说，孩子，"他严厉地说，"开玩笑是开玩笑，可是——"

"是很像玩笑。"孩子说着也笑了。

兰肯如释重负似的叹了口气。这孩子到底承认他是在开玩笑了。

"说正经的，孩子，"兰肯说，"你家住哪儿——我问的是你在这个星球上所居住的地方。"

"可是我不住在这个星球上啊。我跟你说过了。"

"好了，好了，"兰肯烦躁地说，"要是你一定要把这场戏演到底——我看你是在存心和我作对，是不是？你也该从你的科学幻想小说中钻出来了！"

孩子微笑了。"你老是说幻想小说，幻想小说，但这不是幻想小说啊！"他说道。

兰肯什么也没有说，因为他想不出该说什么了。

他只是站在那里，盯着孩子的脸。他本应在一开始就制止这场游戏，而不是鼓励它！他本应在天黑之前就把他带到派出所，带出这个公园。兰肯站了起来。是该结束这场游戏的时候了。

"在你们那里有法律吗，孩子？"

"嗯，有的。每个星球都必须有法律和秩序，不然就无法生活。"孩子一边说着，一边用眼睛扫视那夜色笼罩的天空，好像有些心神不安。

"我很高兴你有这种看法，"兰肯说，"因为这意味着你会乖乖地跟我走，不再争论，也不再耍把戏。这可是真的。你要跟我走，我说孩子——现在就走！"

"跟你走？"孩子转身看着兰肯，吃惊地问道："到哪儿去？"

"到派出所去，就今晚一宿。我们不能再在这里待下去了，公园就要关门了——说不定现在已经关了。"

兰肯看了看手表。公园的看门人总是时间一到就关门，有时还提前关门——而不管公园里还有人没有，反正关门是他的职责。而兰肯的职责是进行检查，确保没人留在园内。

孩子异乎寻常地沉默。他再一次昂首望着天空，焦急地扫视着深沉的夜色。兰肯在这温暖的夏夜中不知怎地开始有些颤抖。他还得费点劲弄清这个孩子是从哪儿来的——他的家在哪里，他住在什么地方，不管怎样，他不会没有家。可能有人丢了小孩，而此刻正在寻人。但有一点是很清楚的——他知道他肯定不会从那个地方来！不会来自星球，不会来自他上方的那高寒的世界。

他坚定地转身看着那孩子，而那孩子此刻好像已完全忘了身边还有兰肯。他仰着头，凝神望着那满天的繁星，显出渴望的表情，想家的表情。

兰肯又开始琢磨了。说不定他最初的假设是正确的。难道这孩子的父母真的死了吗？也许他的幻想只是他感情上的一种掩饰，一种用来掩盖悲痛和孤单的方式——一种思想上的寄托、逃遁。兰肯两眼一动不动地紧盯着孩子那稚气的、仰望着的脸庞。忽然，他觉得有些奇怪。他一下坐到长凳上，浑身震颤、发抖，可是他的眼睛压根儿不离开孩子的脸。

"他们就要来了，"孩子突然说道，"仔细看，你准能看见！"然后他转过身来正对着兰肯。"刚才跟你的谈话很有趣，长官。我学到了很多东西。

我还会来的，其他的人也会来，很多其他人。我喜欢你们的星球。"说着，他又看了看天空。"可是，还是回家好！"

"家在哪儿，孩子？"兰肯温和地问道。

孩子没有回答，他只是凝望着天空，就像没听到兰肯的问话似的。兰肯目不转睛地看着孩子。在夜色中孩子的眼睛像星星一样明亮。

"家在哪儿啊，孩子？"兰肯又问一遍。他的声音颤抖着，就像他的身子一样。

孩子没有回答，他再也没有说话。

这时只见天空里一道闪光，遥远而清楚，一个亮晶晶的东西在静怡的群星中移动着。它光焰四射地滑行着，像是一颗巨大的星球。它越来越低，越来越近，直到停止移动而悬浮在一大片树林的上方。兰肯一时百感交集，刚才说过的话、经过的情景一下子在心里乱成一团。"他们只是悬在半空中，"孩子说过的，"然后我就被吸起来……"

看，被吸起来了！兰肯屏住呼吸，只见孩子真的腾空而起，双臂紧贴在身子两旁，双脚离地，向上飞起来了，忽而向前，忽而向上，飞向前边的树林上空，忽而向上，忽而向前……

兰肯眼睁睁地看着，忽然孩子的周围泛着光焰，闪光淹没了孩子的身影，兰肯再也看不到他了。一下子，树林上方的光焰不见了，天空的光焰不见了，夜色中的光焰不见了，只剩下兰肯一人了。四周漆黑，他感到从没有这么热过——因为他太激动了。

（张秀岐　译）

外 星 人

〔法国〕雷让

寒流侵袭了整个美国北部。但南部的佛罗里达州，却没有浓雾和冰霜，它是沐浴在明媚阳光里的小绿洲。晴空万里，能见度清晰，大洋一片宁静。因此，在迈阿密机场指挥塔里的小伙子们不用担心。飞机往来如梭，平安无事。但谁也没想到竟会发生梦幻般的事情。

从加拉加斯飞来的303班机，刚刚从波多黎各的圣胡安起飞。它在巴哈马群岛上空来了个大转弯，总共飞行了近2000公里。

在指挥塔上，电子日历上的日期是21世纪初某年的2月18日。

杰克和迈克今天下午值班。全部是自动化控制的指挥塔只需要一个人值班就行了。计算机指挥着全部空航。

14点55分整，扩音器中传来了带鼻音的呼叫声：

"我是303班机杰斐逊机长，你们听到了吗？迈阿密。"

迈克弯着腰凑近麦克风，他注视着眼前半圆形的雷达显示屏，风趣地回应着。用不了多长时间，他们就可以面对面地谈话了。

迈克和杰克注视着雷达屏幕上一个个光点，这些亮晶晶的光点表明飞行中的班机所在的方位。透过镶着染色玻璃的圆顶观望室，他们看到整个迈阿密机场的壮观场面。从大西洋吹来的阵阵轻风，使棕榈树树叶摇曳。

这是迈阿密机场普普通通的一天。

突然，指挥塔里7号屏幕上的303班机的光点消失了！

任凭杰克拼命地呼叫，始终死一般的沉寂，没有任何回答。15点14分，303班机消失了；15点17分，雷达显示屏上仍然没有出现它的光点。这架同温层喷气式客机确实是粉身碎骨了？看来结论是：42名乘客死亡，还有四名机组人员和一名航空小姐也同机殒命。

巡逻飞机一架又一架腾空而起，朝着巴哈马群岛方向飞去，朝着303班机失踪的方位，那个声名极坏的百慕大三角地带飞去。

303班机失踪的消息传到了大名鼎鼎的电视台记者乔·莫布里那里，他乘班机从华盛顿迅速赶往迈阿密机场。不过，这次他可不是采访，而是因为他深爱着的妻子，在《明星论坛报》供职的琼·韦尔，就乘坐在失踪的303班机上。

黑压压的人群把南方航空公司办公处围得水泄不通，警察在维持着秩序。人们在焦急地等待着公司的最新公告。

人们艰难地捱着时间，始终没有新的消息。谁也不愿离开办公处，一些固执的人干脆待在停机坪上过夜。乔·莫布里找到一家旅馆，他不吃不喝不能入睡。他悲伤极了。

第二天，2月19日14点50分。依旧阳光明媚，东风轻拂。巡逻机队没有得到任何收获。

指挥塔里，杰克注视着荧光屏，因为有另一架喷气式客机来飞303航班。这架飞机将在同一时刻——15点32分抵达迈阿密。此时，它的光点在屏幕上闪烁着。

14点57分，扩音器中传来呼叫：

"我是303班机。我向迈阿密指挥塔呼叫。"

杰克皱起眉头，感到有点奇怪。紧接着，又传来令人难以置信的呼叫：

"你的，迈阿密！我是杰斐逊。"

迈克还以为是新的303航班在开玩笑，一时非常恼火。然而，杰克指着3号雷达显示荧光屏，上面有今天的303班机的光点，可在它旁边闪耀着另一个光点，而且是突然出现的。

两个303航班同时呼叫的声音也在扩音器里响着。

这两个导航专家被弄得云里雾里，心急如焚。但杰克还是提出了问题：

"杰斐逊……今天是几号？"

尽管对方觉得这种问话没有什么意义，但还是做了回答：

"今天是2月18日呀。"

"不对。18日是昨天，今天是19日。你们已经失踪24小时了。"

"活见鬼！"杰斐逊叫起来，"您不相信我……我可以告诉您所有乘客的姓名。"

"那么你们沿原航线飞吗？"杰克问。

"那当然。而且尽量准时到达。"

消息传遍了整个机场，保安部门制订了庞大的防御措施。警方封锁了机场。千百双眼睛注视着佛罗里达的蓝天。他们要看看两架来自加拉加斯的303班机到底是怎么回事。

迈阿密机场戒备森严，这更吸引了大量看热闹的人。大量记者也赶来了，乔·莫布里的密友、电视摄像师默凯特在他们上司罗伯逊的亲自派遣下，风尘仆仆，迅速赶到。然而，所有的记者也都被拒之门外。

莫布里以"遇难者"家属身份，带默凯特混进机场。

飞机出现在远处的天空，近了，徐徐降落，这的确是一架漆着南方航空公司标记的客机。它喷吐着长长的火焰柱着陆了。

默凯特在偷偷地拍摄着。

舱门缓缓打开了，金属舷梯自动地伸向地面。

头一个出现的是一位男人。他身材魁梧，穿着飞行衣。他挥手向大家致意。这就是杰斐逊机长。

乘客一个接一个走出舱门，走下舷梯，一共42人。

莫布里发现了琼！他的眼睛闪烁着欣喜的光芒。然而，也有一团疑云在心中升起。这也太神奇了，这不会是真的！

303班机的全体人员被带进接待室，这时他们可以隔着玻璃墙看到等候他们的亲人。他们用手势和家人进行对话。任何人都没显出慌乱的神情。他们的精神状态就如同正常到达的时候一样。

然而，人们不住地对他们絮叨今天是2月19日，而不是18日。他们似乎不太明白，显出很惊异的样子。

全体乘客又经过医生一个多小时的检查，终于都和亲人团聚了。莫布里把琼紧紧搂在怀里。对他来说，不管发生了什么事，眼前终究是他的琼呀，这就够了。

可怕的噩梦似乎结束了。或许，这仅仅是噩梦的开始？

莫布里一个劲地打量妻子，可是没有什么异常啊。但当他一想到琼的确是24小时不存在时，他的心不由得抽搐了一下。直到回到华盛顿自己的家中，莫布里仍然心怀疑惑，然而，眼前的事实又让他无法怀疑。琼和以往没有什么不一样。

当天晚上，电视台就播放了莫布里和默凯特采访的独家新闻。

"这次你又可以到你的老板那里领赏去了。"琼讥讽地说。

莫布里知道，他的老板罗伯逊不会多给他一个子儿。第二天，果真是这样，老板反而斥责了他一顿，说当局对此很不满意，挨批评的是电视台的领导。那么理所当然的，领导就要拿自己的下属出气了。

不过，罗伯逊倒是向莫布里透露了一个消息，杰斐逊机长接受了血型检查，结果发现：机长的血型变了。

这时默凯特也打来电话，告诉莫布里，当局也可能对琼的血液进行检查。

"这有什么危险吗？"莫布里问。

"我一点也不清楚。我认识一个杰出的血液学家，我们可以一起去采访他。"默凯特说。

当莫布里在中午到达这位名医的家里时，一个十分重要的情况使莫布里大为震惊。

莫布里走近他的妻子。突然，他皱紧了眉头：

"琼，我感到你有些怪。你眼睛的颜色和以前不一样了。以前是绿色的，可现在是蓝灰色的。"

琼跑到镜子前，惶恐不安地照着自己："你能肯定吗？"

"能肯定，可能你的血型同杰斐逊一样也变了。我曾问过一个有名的血液专家，他告诉我，人的血型是不会变的。如果有变化，其原因只能是目前人类科学还未发现的某些因素。"

琼的双手一下子蒙住了自己的脸，她像要发神经病似的喊叫起来：

"难道我变成了鬼？这太可怕了。"

莫布里尽可能地安慰她，然而，莫布里的心里，却认为这个琼不再是原来的那个琼了。他还发现，琼的腰部原来长着一颗痣，可是这颗痣现在没有了。

正像预料的那样，琼要接受血型检查，她坚持要一个人去，并要莫布里一定要保守秘密。

当琼刚刚离开她检查血型的花园饭店，莫布里就悄悄见到了为琼做检查的医疗组长。

"我们的检查发现，尊夫人的血型和以前的不一样，并且这是一种在医学上还未见过的血型。她的血型是 A 型 Rh 因子阴性。"

莫布里睁着恐怖的眼睛说："您怎么解释这种变化呢？"

"目前还无法解释。"

无法解释的事太多了。这不，在北纬60度南200公里的地方，沿着赫德森海湾延伸的一片加拿大国土上空，又发现了一件无法解释的现象。

空中警察的巡逻机从面对詹姆斯湾的维多利亚堡方向飞来，在一望无际、白雪皑皑的原野上空嗡嗡地盘旋着。

埃德驾驶着飞机，他旁边坐着弗兰克，正用望远镜仔细地搜索着。从灰蒙蒙的地平线可以看出，暴风雪就要来了。

此刻是下午1点钟。突然，弗兰克睁大了眼睛，指着一块灰云说：

"埃德！你瞅西边的那条绿色长带……"

"嗯，不错，有一条，"埃德点头回答说："好像是从飞机上吐出来的。"

"这不可能。这条长带是朝下的。如果是飞机吐出来的，不就意味着它们就要坠毁吗？"

这条绿色长烟停留有3分钟之久，然后便消失在赫德森湾方向。

他们一边往赫德森湾飞行，一边和地面联系。地面说，在这一带，雷达显示屏上并没出现任何不明飞行物。

抵达赫德森湾，已有雪花飞舞。突然，埃德和弗兰克同时发现一个怪东西从地上射出来升入灰色天空中。

这是一条泛出淡绿色光的长带，埃德驾着直升机追过去，可是，光带瞬息就在空中变得淡薄薄，它的速度比飞机要快百倍。

直升机飞近这条光带升起的地面，掠过一个偏僻的小渔村，没发现任何可疑迹象说明曾有一个飞行物体在此降落过。

直升机转向南，摆脱已来临的暴风雪。返回维多利亚堡。

这件事不知怎么的，琼马上就知道了。她没有通知她的上司，只是和莫布里打了一声招呼，说是去采访，就踏上了飞往蒙特利尔的客机，然后将转乘去维多利亚堡的飞机。

莫布里和默凯特都深信，琼·韦尔是不会单单为写一篇可能不存在的不明飞行物而前往赫德森湾的。他俩都各自用一副假发和假胡子化了装。俨然就是两个金融家或两个老老实实的商人。他俩谨慎地跟踪着琼。

飞机载着形同陌路的一对夫妇和其他乘客,抵达了风雪呼啸的维多利亚堡。莫布里不知道赫德森湾的海岸上什么东西在等待着他,他就要去进行一场超过人类常识的前所未闻的冒险了。

到达冰天雪地的维多利亚堡已有一天工夫了。莫布里和默凯特紧紧盯着琼。这个女人跑遍了这个城镇,走访了许多人,调查了埃德和弗兰克。她又预订了第二天的一架出租直升机,尽管天气预报说第二天是暴风雪天气。

没有想到,在他们下榻的饭店里,莫布里和默凯特的计谋还是被戳穿了,琼认出了他们。

莫布里只好摊牌,答应为琼驾驶直升机,前往赫德森湾,也答应电视摄像师默凯特可以不一同前往。

第二天上午10点,莫布里驾机凌空升起。一路上,他拐弯抹角地同琼谈话,试图从中窥探出些什么。琼答话机警,毫不相让。

飞机到达赫德森湾,当直升机从一个荒凉的小渔村掠过时,狂风早已把大雪卷到别处去了。小渔村的房屋是用圆木建造的,已部分毁坏了,这说明已无人居住。

但是,有一幢屋子例外,那就是最大的一幢。它坐落在村落最高处的土山包上。它很像个大仓库,屋顶上积了厚厚一层白雪。

莫布里一切都是按琼的意图行驶,飞机降落在白雪皑皑的广场上。他们走向土山包上的大房子。

从琼对这一带的熟悉程度看,她绝不是头一次来这里了。

他们走到大木房子前。门哗啦一声打开了,一个身穿皮大衣的人出现在门口。莫布里猛然一怔,因为他熟悉这个人的面孔。

"杰斐逊!您在这干什么?"

机长一声没吭，他冲着琼·韦尔说："他们在这儿。"

"都在吗?"琼问了一句。

"是的，遵照考卢的命令，全部在这儿。"

莫布里被弄得莫名其妙，也感到异常恐怖。他被带到一间屋子。

屋内比较凉，但却并不是空荡荡的。那里，有许多情绪沮丧的男男女女坐在地板上，他们一个个神情恐怖而刻板，在那里木然发呆。他们都像服了安眠药似的昏昏沉沉，对莫布里的到来似乎毫无察觉。不过，看样子他们还没死。

突然，他的目光落在一个女人身上，这个人背靠大圆柱，蜷缩在一个角落里。

顿时，他就像失去理智似的，简直要发疯。他激动而又恐惧地哆嗦起来。他感到有什么东西噎在喉头上。他差点瘫软下去。

他惊恐万状，像个行将处决的犯人似的，向前伸出双手，机械地一步一步地走过几个身体僵直的人，嘴里光是念叨着："这不可能……"

他好像觉得有人拿尖刀插入他心窝似的，连胸骨都感到绞痛。他不相信这可怕的现实。

究竟发生了什么呢? 莫布里看到的蜷缩在那里的女人是谁呢?

莫布里激动得说不出话来，他呼唤的声音低得刚刚能听到:

"琼!"

她一动不动，像个雕塑似的僵直地坐在那里。她并没有睡着，眼睛圆圆地睁着。她好像走了神，对一切都无动于衷。

他仔细地凝视着她。她的眼睛是绿色的。她身上穿的正是她离家时穿着的春秋衫。他解开她的背部搭扣，一颗美人痣正好在腰部。

他吓得满头大汗，他确认这才是他真正的琼!

那么，另一个，另一个是谁呢? 是一个复制品吗?

莫布里数着全屋的人，正是303班机上所有的人员。而且杰斐逊就在其中。那么门口的那个杰斐逊是谁呢？其他返回各自家中的乘客又都是谁呢？

曾和他生活了几个星期之久的琼走了过来："我不再骗你了，莫布里。不错，我不是琼·韦尔，而是比奥阿勒。科瓦人，空间漂游者，我们的世界就是空间本身。"

说着，这个叫比奥阿勒的人就把莫布里领出屋外，莫布里看到了一种蓝光，看到一个圆乎乎的东西，两端略微扁平，体积比直升机大。

莫布里也不知怎么回事，就进了一个灰色金属大箱子里，这个箱子是个平行六面体，周围很光滑。看来，是艘宇宙飞船。比奥阿勒和他同船升空。

不一会儿就到达了一个神秘空间。莫布里根本就没跨什么门槛，就进入一个半球形大厅。许多器械装在内壁上，他感到自己来到一个非常先进的文明世界。

比奥阿勒按了一下控制台上的按钮，地球的形象便出现在穹顶一个角落里的屏幕上。她告诉莫布里，他们正在地球轨道上，距地球一千公里。他们的行踪是完全可以避开地球雷达追踪的。

这时，有一个人从一团模糊的光中突然蹦出来，没有开任何门就穿过大厅内壁。他和地球人没什么区别，穿戴就像古罗马军团的战将，威风凛凛，目光炯炯，神态威严。

"这就是考卢，"比奥阿勒介绍说，"他是我们科瓦人继大电子计算机之后的最高首领，是负责执行我们共同法令的人。"

考卢不会讲地球语言，他通过一个翻译器同莫布里交谈几句之后，就让比奥阿勒开始第二阶段。莫布里也不知道什么叫"第二阶段"，也不知"第一阶段"是什么。总之他被带到了第17号大厅。

一个和莫布里一样年轻健壮的人在大厅里，比奥阿勒介绍说，这个科瓦人叫塔纳。

按照比奥阿勒的指令，莫布里躺在一个小床上，塔纳躺在隔板另一侧的床上。然后，比奥阿勒不见了。

莫布里看到一个放大机模样的东西从天花板上降下来了，摄影装置自动对准了他，一个半圆形的东西降下来，紧紧勒着他的额头，一种无形的力量死死地把他勒在床上。

他感到自己身下的小床变得柔软而有伸缩性。他的身子陷下去，刻印下他的体形。然后床又变得像模具一样坚硬起来。他感到一种液体在皮肤上流动着，逐渐凝固，这分明是在制作模子。一会儿，像是有人在揭开自己身上的粘胶块似的。他完全失去了知觉。

当他苏醒过来时，已经过了很长时间，至少有12个小时。

在他旁边的不透明的隔板后面，塔纳一直在正常地呼吸。

比奥阿勒从一团蓝光点中出现。

塔纳也走了过来。这时，莫布里嗷的一声惨叫起来。他吓得连连后退，他双目睁圆，歪着嘴大叫：

"不，这不是塔纳！"

"这个人……是我呀！"莫布里哆嗦着说。

"是另一个你！"比奥阿勒更正说。

不错，塔纳已被完全塑造成了莫布里，不论容貌，还是声音，包括所有记忆和思维，都和莫布里的一模一样。尽管在神态和动作上还有些不太自然，但很快就能够转变过来。

莫布里觉得科瓦人的工作规模是那样宏伟和不可思议，这套工作就像手工劳动一样，是精心设计和筹划好了的。

"那么，负责这一切的是考卢啦？"莫布里问。

"是考卢和阿科瓦。"

"阿科瓦？"

"就是大电子计算机。它指挥着我们在宇宙中到处漂游。"比奥阿勒解释说。接着，她带领莫布里去看阿科瓦。

阿科瓦由几个部件构成。它身上有记忆部件、计算部件、思维部件和其他部件。每个部件都有着自己特殊的功能。每个部件都安装在一个自成一体的柜子中，每个柜子通过管子与主要协调皮层连接起来。还有许多的光脉冲继电器代替了电缆和电线。

这个计算机的收听间呈椭圆形，上面布满荧光屏和控制台，这确实是一个通信中心。

比奥阿勒按下一个按钮。

一个平平板板、铮铮的声音缓缓地从扩音器里传出，阿科瓦开始讲话了：

"我来同乔·莫布里通话。我是阿科瓦。我对他来到宇宙飞船世界表示欢迎。他想知道什么？"

莫布里鼓起勇气："到底谁造的您？"

"科瓦人呗。现在，我忠实地为他们服务。"

"为什么您生活在空间，而不是在星球上？"

"因为我们的星球被一场大灾难所摧毁。极少数优秀的科瓦人就建造了宇宙飞船世界。在宇宙的好些地方，生命早已出现。具有人性的其他种族既然存在着，我就为我主人发现了一种无须重新开创生命来解决生存的好办法。"

莫布里问了许多问题，当他不再提问时，阿科瓦的电路也自动关闭了。但他想尽可能多地探听些消息，他接着问比奥阿勒：

"那么，什么是'第二阶段'呢？"

"第二阶段就是像我们劫持303班机那样，截获第二架同温层喷气式客机，而且还是在似乎是不吉利的百慕大三角海域拦截。303班机是被一种不可抗拒的力量截获的，它被吸向宇宙飞船世界，磁力障使它从雷达上一下子就消失了。替换飞机上的全部乘员需要24小时的时间，这时间与塔纳替换你所需的时间分秒不差。"

随后，附属飞船就把莫布里、塔纳——不，假莫布里、比奥阿勒送回了那个小渔村。

莫布里走进了303班机乘员所在的房子，在琼身边坐了下来。现在，他是讲不出话来的。因为他所有的意志都被抽走了。

当飞往维多利亚堡的直升机带着假莫布里和比奥阿勒起飞时，雪花又开始飘舞起来。

焦急的默凯特终于等到了老朋友的回归。然而，他在送给两位老朋友的威士忌中放了安眠药，致使他们大睡如泥。然后，默凯特背着摄像机租下这架刚刚降落的直升机，他要去干一项他早已深思熟虑过的计划。

默凯特为什么非要租刚刚降落的、他朋友租过的这架直升机呢？原来，他早就买通了机场的一个机械师，在这架飞机中悄悄地安装了"监听装置"，这个装置把莫布里飞行的航线全部录制成一个图表。莫布里的飞行路线此刻全被默凯特掌握了。

默凯特找到小渔村，找到了大木屋，找到了大木屋中似死非死的47名乘员，他也惊异的发现，坐在其中的乔·莫布里。

惊慌之后，他把这一切都用摄像机拍了下来。

然后，他轮流把莫布里和琼背上飞机，飞回被他用安眠药弄睡的另外的莫布里和琼所在的饭店，把飞机降落在饭店顶层阳台上。这样，在这座饭店四楼的一个房间里，两个琼·韦尔和两个乔·莫布里肩并肩睡在一起。

默凯特十分激动地拍摄着这场面。紧接着，他从药房里租来高频电磁波这种器械，终于把刚刚运来的琼和莫布里弄醒了。

莫布里终于回忆起了他那闻所未闻的经历，琼觉得这像天方夜谭一样。

为了不让小渔村的那个假杰斐逊发现琼和莫布里失踪，为了303班机所有乘员的生命安全，他们迅速载上塔纳和比奥阿勒，飞抵小渔村。他们把两个科瓦人抬进木头房，放在那堆麻木不仁的可怜人中。

在他们刚刚抢救出一个叫沃尔克的电子学专家后，木头房子上突然出现了可怕的绿色光轮。

当莫布里再次打开木房大门时，屋里的人都不见了，没有一点痕迹。他明白，这是科瓦人结束了第一阶段计划，消灭了这些人，包括两个替死的科瓦人。

琼用颤抖的双手捂着脸，恐惧地说：

"这太可怕了！他们一点人性都没有。"

"呵！并不是这样，"莫布里提醒说，"他们把303班机全体乘员消灭前，全都惟妙惟肖地'取代'了他们。他们填补了这些人的空缺。他们之所以劫持了303班机，也正是为了使科瓦人分流到人类中来。"

莫布里·琼，还有一个沃尔克都在机上，默凯特驾机向南飞去。

回到维多利亚堡饭店后，对萨姆·沃尔克进行了多次刺激治疗，结果他从催眠状态中苏醒了过来。对他来说，就如同琼·韦尔一样，他的生活于2月18日在巴哈马群岛上空就停止了。被外星人绑架、复制、催眠，他都一无所知。

当沃尔克了解了情况之后，他惊呆了，还以为是在做梦。但他还是按照莫布里等人的计划，偷偷地找回家中，取得了妻子的配合，把假沃尔克，那个科瓦人毒死。然后，莫布里和默凯特趁着夜色把被镪水烧得变了形的外星人秘密埋入佛罗里达的地下。

紧接着，莫布里·琼和沃尔克开始了阻止科瓦人第二阶段计划——劫持第二架飞机的行动。这次默凯特可没事可做了，因为他没有复制品。

莫布里三人找到了假杰斐逊，这个真名叫瓦兰的科瓦人，是第一阶段的总负责人。

瓦兰丝毫没有看出破绽，有时还以塔纳、比奥阿勒这些科瓦人的名字科呼他们。他接受了"塔纳"三人在完完全全成为地球人之前的请求，他以他的心灵感应功能向考卢联系，希望准许三人最后一次到宇宙飞船世界一游。他说："考卢同意了。第二阶段计划尚未开始。你们运气还不坏，再晚一步，就不行啦。"

莫布里·琼和沃尔克乘车向佛罗里达疾驰而去。他们行动计划最惊心动魄的阶段开始了。

莫布里、琼和沃尔克很快就被接到了宇宙飞船世界。

在半球形大厅里，考卢从一个隔板里闪了出来。他的翻译器响起了没有太多语气变化的古板声音：

"……我同意你们最后一次来你们生活过的宇宙飞船世界并不是为了你们的目的。要知道，科瓦人没有任何特殊感情，他们心甘情愿放弃他们的个性。因此，他们是不可能怀念过去的。你们本该明白，你们一定要来宇宙飞船世界，是会引起我注意的。"

莫布里知道被识破了。

"你们已经杀害了我们三个人，你们还想消灭地球上所有科瓦人。你们的行动是值得称赞的，因为你们在为自己种族的完整而奋斗，可这破坏了我的计划。而我却不能违抗阿科瓦。"

考卢说着，走近控制台，用手按了一下按钮。荧光屏上显现出地球，突然一架同温层喷气式客机出现了。

莫布里一怔："这是第二阶段计划的目标吧？"

"完全正确，"考卢毫无表情地说，"这是途经巴哈马群岛的不列颠航空公司的伦敦至墨西哥的班机。机上54人。它现在正飞行在百慕大三角海域上空。"

突然，荧光屏上，这架飞机像被橡皮擦掉一样消失了。不久，它就魔术般地出现在宇宙飞船世界的边缘，然后，54个处于催眠状态的地球人就进入了实验室。莫布里知道这一切都是大电子计算机完成的，他知道他们还将经过哪些工序。

莫布里决定孤注一掷。他头一低，向着考卢猛扑过去。考卢胸部被狠狠一撞，顿时瘫倒下去。沃尔克马上给他注射了一针安眠药，这个科瓦人便睡了过去。

琼·韦尔惊恐万状，条件反射地两手捂着脑袋。一连串的惊讶、恐怖，已经让她难以承受了。

屏幕上显示，"复制"程序已经开始了。

莫布里意识到，必须截断这一程序。他让琼监视着考卢，然后和沃尔克飞快地穿过一个蓝光口，跑进一个由玫瑰色灯光照明的走廊。他想起了他同比奥阿勒一同走过的路线。

莫布里和沃尔克这个著名的电子学教授又穿过一个蓝光口。他们走进椭圆形的电子计算机大厅，来到控制台前。莫布里看见过比奥阿勒操纵，他像比奥阿勒那样开亮了一个荧光屏。

大电子计算机的全部结构图都显现在屏幕上。沃尔克教授对这些电路图虽不太懂，但同地球上的电子计算机很像。他按下一个按钮，终于使大电子计算机停止了运转。

沃尔克借助指示灯，测试着各个继电器，这是一项特别细致的工作，他必须一步步摸索着操作。

他把计算机中原有的记忆取消，然后再重新编制新程序。他花了很长时间研究着用穿孔带记录下程序的感应规律。他用手按照键盘上一个又一个键，程序便自动地以代码形式编入穿孔卡上。

沃尔克和莫布里忙了3个多小时，终于有了点眉目，但还不能保证成功，他俩来到大厅，一边看守着考卢，一边等待着大计算机消化新指令。

终于，扩音器中响起了铮铮作响、单调而又缺少语感的声音：

"我是阿科瓦，是大电子计算机。我有一些十分要紧的事要讲。"

这三个地球人顿时吓得脸色惨白。决定他们命运的时刻到了。

"我决定停止第二阶段计划。过19小时30分钟，不列颠航空公司的54名乘员就将在他们失踪的地方出现。"大电子计算机说。

这对于整个宇宙飞船世界，该是一件完全出乎意料和令人惊异的事。一台被科瓦人奉为上帝的电子计算机由于一个尚不清楚的原因忽然改变了自己的主意，似乎不大可能。

然而，连接科瓦人同被劫持客机乘员的线路确确实实被切断了。

"我不解释我们为什么在地球附近出现，我也不解释我们为什么要进入你们的文明世界。我们种族最好不再在太空凄惨地漂游。大灾难虽然毁灭了我们高度文明的社会，但我们有能力在别处再建立这样一个社会。当然，这需要几代人的时间……"

沃尔克对自己工作所取得的成果感到惊讶。是他编入了取代旧程序的新程序，改变了阿科瓦的计划，把阿科瓦引向另一个方向。这项成果表明，一个计算机不过是为制造它的人服务的工具。计算机就是再发达再先进，也不会像人脑那样聪明。

"我们本来满可以摧毁你们的星球的，可我们何必要这么干呢？所以我们在寻找一个荒无人烟而又好客的世界，我已经在离开这里30光年的地方找到了一个。这就意味着从此你们谁也不会再知道我们了。"

大电子计算机沉默了。莫布里三人仿佛感到，在宇宙飞船世界内又在酝酿着一项新的活动了。

莫布里离开大厅，可他找不到任何一个蓝光口，他们已被关了起来。

考卢苏醒了。他对这些挑衅者似乎并无怨恨之意，他又按阿科瓦的指令办事了。他把莫布里、琼和沃尔克领到一个实验室。这三个人出乎自己预料地毫无惧色，他们像有心灵感应的机器人一样，各自躺在一个小床上。这时，一台结构复杂的装置从天花板上降落下来，一个电极箍紧紧勒着他们的头部。

顷刻之间，他们就失去了知觉。

他们在佛罗里达某个沼泽地上苏醒过来。他们头脑空空的，什么也想不起来，两眼呆滞无神。他们直怔怔地想了好几分钟，尽力在思索回忆。

但是，他们一点也想不起来了，有关宇宙飞船世界的事情。他们头脑中的这段记忆被科瓦人完全摘除了。

他们来到佛罗里达，在迈阿密，他们找到了默凯特所住的饭店，招待说，他一直没有回来。直到第二天中午，默凯特才回来，他神情古怪，精神恍惚，如痴如癫，他自己竟然不知道自己到哪儿去了，只觉得大睡了一觉。他摄制的有关303班机、宇宙飞船世界的所有的电视片胶带也莫名其妙的全没了。有关这一段的记忆，他也一点想不起来了。

很显然，科瓦人也让他走了一趟，他没有可吹嘘的了。

这期间，303班机所有乘员的复制品也都神秘地失踪了。

那架从伦敦至墨西哥的不列颠航空公司的同温层喷气式客机也在失踪整整24小时的时候，如同预料的那样，像303班机一样，返回了。然而令专家手足无措的是，在这54个乘员中根本没发现任何生理化学上的变化，他们像没有发生任何事情似的继续他们的生活。他们也没像303班机乘员那样失踪。

这个谜至今还是无法解释清楚的。

至于莫布时、琼·韦尔和默凯特还有沃尔克，他们都坚信他们知道事情真相，但是他们一点证据都没有，这真相都在他们的脑海中，但是由于一种无法弄清的原因，他们却又都记不起来了……

（田苇　缩写）

外星来客

〔苏联〕阿·斯特鲁加茨基鲍·斯特鲁加茨基

我把车子停好，走下车来，看见了老探长兹古特说的那个两层楼的旅馆，黄绿色，门廊上方挂着一面写着"附近有登山运动员罹难"的招牌。旅馆的老板叫亚力克·斯涅瓦尔。他脸色发白，秃顶，矮胖，走路慢慢腾腾。我向他转达了老探长的问候并做了自我介绍。他喊来了旅馆唯一的一名服务员———个矮胖的女人："卡依莎，这是警察局的探长彼得·格列泼斯基先生，到这儿来度假，请把他的皮箱拿到4号房间去。"卡依莎马上面红耳赤了，她耸耸肩膀，用手捂住了脸。她可真是个奇怪的女人。房间里有一条牛犊般大的长毛狗，老板介绍说它叫莱丽，是那个死去的登山运动员留下的。

老板登完记，领我到房间去。来到二楼走廊时，老板在一个房门前停住，他想让我看看那个死去的运动员的房间。可是当他打开房门时，他却惊呆了。尽管房间里的一切摆设还是按照原来的样子，可是烟缸里的烟斗却还在冒着烟，很显然刚才有人在这抽过烟，我注意到沙发旁的地板上有一份前天出版的报纸。难道是他还活着？还是另外一个什么人？我知道我又遇到了奇怪的事。

当卡依莎来给我铺床时，我问她："还有哪些人住在这里？"

她又耸耸肩膀并用手捂住了脸："哪些人？摩西先生和夫人。他们住1号房和2号房。3号房也是他们包了的，不过，没人住。夫人是一位大美人，大家的眼睛全盯着她。西蒙纳先生也住在旅馆里。喏，就在对面，有学问。大家都打桌球、爬墙。全是调皮鬼，就是有点精神病。"

"还有哪些人？"我问。

"迪·巴恩斯托克先生，还有几个马戏团的人。还有布柳恩。还有几个人，才到，就是有点怪，他们先站着，不睡，不吃，就这么站着过夜……"

"怎么回事儿？"我有点听不懂。

"谁也弄不懂。大家全站着。他们读很多报纸。前几天迪·巴恩斯托克先生的一双皮鞋丢了。我们找呀，找呀，都找遍了，还是没有。有人把皮鞋带到陈列室去了，就丢在那里。还留下了脚印。"

"什么脚印？"我急于弄明白她在说什么。

"湿的。就是用湿脚在走廊上走路。他们还喜欢打铃叫我。一会儿是这个房间，一会儿是那个房间。我来了，这些房间又一个人没有。"

"好，行了。"我叹了一口气，"我不明白您说的什么，卡依莎，现在我最好去洗个澡。"我把烟斗丢在烟灰缸里，拿一块浴巾去淋浴间。我发现淋浴间的门就在楼层过道上，门在里面锁上了。我迟疑了一会儿，小心翼翼地转动着门把手。就在这时候，有人迈着笨重的脚步，不急不忙地穿过走廊。我想还是等一会儿再洗吧，于是掉转身子回到自己的房间去。我立即感到我的房间变了样。房间弥漫着一股烟草味。我马上看了一下烟灰缸，里面没有烟斗，只有一堆混杂着烟草末的烟灰。这是谁干的呢？

第二天早上，我从外面滑雪回来，看见旅馆前厅中央站着一个高大驼背的人。他穿着黑燕尾服，倒背着手，疾言厉色地训斥着一个伸开手脚、懒洋洋地倒在沙发上的年轻人。这年轻人纤瘦、文雅，白皙的小脸有一半被黑镜遮住，一头蓬乱的黑发，裹着一条红色围巾，看不出是男是女。我走进来的时候，这位高个子转过身来默默地打量我。他打着蝴蝶结，脸上露出上流社会人士的神情，他还长着一只傲慢的贵族式的鼻子。他瞧了我一会儿，最后还是走过来伸出细长的白手："我叫迪·巴恩斯托克，"他的声音像唱歌，"非常愿意为先生效劳"。我向他介绍了自己的身份。

"妙极了，"巴恩斯托克忽然抓住我的翻领，"哪弄来的？"他转过头对沙发上的年轻人说，"布柳恩，你瞧，真是妙极了！"他的手里捏着一朵紫丁香花，还能嗅出一股新鲜的花香。尽管我不喜欢这种把戏，但我还是有意叫好。沙发上的年轻人张开小嘴打一个呵欠，把一只脚跷到沙发的扶手上。"是从袖子里拿出来的！"年轻人宣布，"这太平常了，叔叔。"巴恩斯托克把紫丁香平放在手掌上，皱着眉头看它，接下去花就消失得无影无踪了。他介绍说布柳恩是他亡兄的孩子，但还是没有说明是男是女。我注意到布柳恩的手伤痕累累，猜想可能是骑摩托造成的。听说他是一个疯狂的摩托车手。

西蒙纳就住我的对面，见到他时很有点戏剧性。他当时正用脚掌顶着门框一边的嵌板，再用背部顶着另一边的嵌板，就这么悬在空中，从上面向下看着我，并且朝我行了一个军礼。他像猫一样轻盈地落到地板上，然后我们相互做了介绍。他是研究控制论的。

吃饭的时候，我见到了卡依莎说的那位美丽的摩西夫人。说不清她是20岁还是40岁，雪白的脖颈、又长又密的睫毛、半张半合的大眼、高而蓬松的头发。这样的女人，过去我只能在畅销杂志上看得到。老板为我们做了介绍。

我们一边吃饭，一边谈到了最近旅馆里发生的怪事。巴恩斯托克证实：两天前他的皮鞋失踪了，直到傍晚，才在陈列室里找到。西蒙纳说有人偷看他的书，书上还写了眉批，虽然多半是文理不通。老板也介绍了今天发现烟斗和报纸的经过。还补充说，每天夜里都有人在屋里走来走去，有一次他甚至还看到一个白影从大门穿过前厅溜到了楼梯口。摩西夫人对这些消息的可靠性丝毫也不怀疑，她补充说，昨天夜里就有人从窗子上偷看过她。巴恩斯托克也肯定说有一个人总是走来走去。西蒙纳还说他的冰鞋总是湿漉漉的，似乎有人在夜里用过。

大家正在七嘴八舌地谈着。餐厅门口出现了一位怪人：肥胖臃肿，有一张狗似的面孔，穿着中世纪式背心和缀有将级金色饰条的军裤。他一只手放在背后，一只手攥着一只大金属杯子。"奥丽加，"怪人吼叫，"快给我上汤！"餐厅里出现短暂的忙乱。摩西夫人以同她身份不般配的急促动作，跑到小桌边盛汤。老板也垂立一边，摆出随时听候吩咐的架势。无疑此人就是摩西先生了。他旁若无人地在摩西夫人的对面坐下来。"天气，诸位，今天下雪。"他已经完全喝醉了。我奇怪他的金属杯子里的水好像总也喝不完似的。

后来我去问老板，老板说："说不清楚他是什么人，他在我的登记簿上写的是出门旅游的商人，然而实际上不是。他是个疯狂的发明家，会炼金，会施妖术……就是算不得商人。商人都很吝啬，可是摩西先生一点也不。我问他，是谁建议他惠顾小店的，他没有回答，从皮夹里掏出100美金的钞票，用打火机点燃了，再用纸币来点烟，他朝我脸上喷口烟说：'先生，我是阿里贝尔特·摩西！摩西从来不需要别人的建议。摩西可以到处为家。'他就是这样一个人。"老板接着说："说是出门旅游，可是又从来没在我们的河谷溜达过。别人来我这里都是为了滑雪或者爬坡。我这地方全是死胡同，从这里哪都走不通。"

"好吧，"我说，"那么，有名气的巴恩斯托克先生到这个死胡同来干什么？"

"噢，说到巴恩斯托克先生，那又是一回事。他每年都要来我这里，差不多有30年了，年年都来。他对我的清凉饮料很着迷。不过，我发现，摩西先生一瓶也没有要过。"老板的话题又回到摩西。

"他是发明家，要不就是巫师。"

"您相信巫师？斯涅瓦尔？"

"凡是我能感觉到的，我都相信。我相信巫师，相信上帝，相信魔鬼，相信幽灵，还相信飞碟。既然人的大脑能想象出这一切，就说明它们正躲在某个地方，不然，人的大脑怎么会有这样的本事。"

"噢，斯涅瓦尔，您还是位哲学家。"我接着问他，"好像我们的物理学家西蒙纳对摩西夫人很感兴趣。"

"摩西夫人……"老板沉思起来。"您知道，我有足够的证据认为，她根本不是一位夫人，更不会是摩西夫人。可能，您已经发现她比卡依莎还笨得多。所以……"他压低声音说，"我认为摩西经常打她。"我感到震惊。

"我想是用鞭子，摩西有条长鞭子。您想，他不骑马，常带着鞭子干什么？"

"噢，这确实需要考虑……"我问老板，"您还没谈物理学家呢。"

"他到我们这里，不是第三次，也不是第四次，但每来一次身份都要比原来的高一级。"

"等等，请具体点说说他是什么人。"

"探长先生；难道您真的没听过他的名字？他是我国的科学精英。这和他平时的言谈举止毫不相符，不过，这正是他的个性。"

我们正谈着，外面又进来两位旅客，前面的一位手提皮箱的高个子朝我笑笑，介绍说他叫奥拉弗，我注意到他进来后目光搜寻了一下四周，像是要找什么人。跟在他后面的是个矮个子，叫欣库斯，他们不是一起的。

第二天，我又去淋浴，可是还是来迟了，西蒙纳已经站在门口等着。淋浴间里有人，里面有放水和唱歌的声音。一会儿，巴恩斯托克也来了，我们三人一边抽烟，一边等着。过了很久，里面的人还不出来，我想看看究竟是谁在里面，于是就推了推门。门开了，可是里面竟然一个人也没有！热水龙头已经开到顶头，里面热气腾腾。挂钩上挂着我已经见到过的罹难登山运动员的防水布短上衣和晶体管收音机。尽管大家都很奇怪，但我推断这也许是西蒙纳故意搞的恶作剧。

洗完澡，我在房间里看书，接着打起了瞌睡。迷迷糊糊中，我看见房顶上有一个人在坐着，我想可能是西蒙纳在那练习爬烟囱——这个物理学家有点令我讨厌。后来又看到两个人的影子，一个坐着，一个站着。

醒来之后，我想去看看是谁在那儿，可是在过道碰上了欣库斯，他说他刚从屋顶上下来，那里一个人也没有。我去敲西蒙纳的房间，没人应声。而隔壁有人在说话。我敲门一看，是巴恩斯托克和奥拉弗在打牌，桌子中间堆着一些钞票。我转身向桌球室走去。这时我看见摩西夫人正从屋顶的楼梯上下来，她向我露出迷人的微笑。我们一起到桌球室，发现西蒙纳正在这里。

我和西蒙纳打了一盘球，然后回房间。路过陈列室时，我听到里面传来东西倒下来和玻璃打碎的声音。我没有片刻迟疑就冲了进去——我看见摩西先生一手撩起地毯的一角，一手攥着金属杯，地上是倒了的梳妆台和花瓶的碎片。

"您在这里干什么？"我怀疑地问他。

"我干什么？"他暴跳如雷，"我在找那个无赖，他每天夜里在走廊里跺脚，偷看我的妻子，还偷走我的金表！"

"什么？您的表丢了？什么时候？"我皱起了眉头。

"就在刚才！"

"你平时把它放在哪儿？"

"它就在桌上！"

回到房间，我发现房门贴着一个纸条，上面写着："我很欣赏'文明'这个词，所以我来报警"。另外，我的桌子上全是冻干了的阿拉伯胶水，桌子中间也有一张纸条，上面用很难看的印刷体写着："兹通知探长先生，有一个凶恶的匪徒、疯子和色情狂，眼下正用欣库斯的名字住进旅馆。他在一个代号叫'雕鸮'的犯罪集团中声名显赫。他身携武器，他对一名旅客的生命构成威胁，请务必采取措施。"

我查看了一下房间，没有发现其他痕迹。

我来到欣库斯的房间，用从老板写字台上偷来的钥匙小心地打开了房门。他此刻还在房顶上晒太阳。他的房间里没有住人的痕迹，这让我很疑惑。我打开他的旅行包，在底层找到一捆钞票、金表和一把女用勃朗宁手枪。我看了一下金表上的字母，认定金表是摩西先生的。而手枪则让我费解：这算不上什么武器，只是0.25口径，一般匪徒不会用它来给自己添麻烦。这时，我听见门口有人走过，还听见西蒙纳打听我在哪儿的声音，我急忙卸出手枪里的子弹，然后把东西又放回原处。

我出来后碰到了巴恩斯托克。他把我带到他的房间，递给我一张纸条，上面也是歪歪斜斜的印刷字母："我们找到了您，我的枪口正对着您，别指望逃跑，也别做蠢事。什么时候开枪，我们不事先通知。费宁。"我问他什么时候得到纸条的，他说有人从门底下塞进来的，但他没有马上出去看看。

晚餐的时候，欣库斯对我小声说："听我说，探长，我刚才翻过旅行包，想找点药，可是我发现包里的东西全不是我的，我的东西全不见了！"我看见他的眼里流露出恐惧的神色。

晚餐后，大家在餐厅里搞了个舞会，只有欣库斯又到屋顶呼吸新鲜空气去了，他说他有肺病。大家正在高兴地玩着，我感到地板轻轻地震动了，我看了一下表，是10点过2分。老板过来告诉我，附近山崩了，我们与外界的联系被切断了。同时，他还告诉我，欣库斯曾在电话里口述过一份电报，电报内容是："罹难登山者旅馆，我在等待，请尽快来。"

临近午夜时，我正和老板聊天，忽然莱丽叫了起来，它跑到门口，却又站住了。门外传来一阵奇怪的哀号。老板打开门，一个满身是雪的人向我们爬过来。他是一个独臂人，穿着一件不合时令的短小的上衣，细长的裤子和时髦的皮鞋。浑身上下全冻僵了。

难道他是欣库斯的同伙？在老板和卡依莎照顾他的时候，我来到欣库斯的房间，里面没人应声。我忽然想起他还呆在屋顶。难道他睡着了？我马上跑到屋顶，"欣库斯！"，我大声喊他。他没有反应。我奔到他的面前摇他的肩膀，他忽然无力地倒了下来。这时，我才发现这原来是个雪人！它穿着欣库斯的皮大衣，戴着欣库斯的皮帽子。原来欣库斯一直没在屋顶?！屋顶上有很多脚印，分不清是什么人留下的。我冲下楼去，不顾一切撞开欣库斯的房门，打开灯，房间里一切未变，只是旅行包被打开了，金表和勃朗宁手枪已经不见了。

我敲敲巴恩斯托克的房门，他迷迷糊糊地答应了一声，我知道他还在里面。我想了一下，觉得还是先问一问独臂人——如果他真的是欣库斯的同伙的话。卡依莎正拿着独臂人的衣服去洗，我搜索了一下，惊奇地发现所有的口袋里都空空如也。没有钱，没有证件，没有烟卷，也没有手帕。我走进屋去，看见独臂人正躺在床上，样子很可怕：脸色发青，尖鼻子白得像雪，眼睛一只眯着，另一只闭着。他的脸没有一丝表情，嘴里断断续续地喊着奥拉弗的名字。

我开始感到惊讶。于是我和老板一起来到二楼找奥拉弗。我们看到房门上贴个纸条："依约前来，未能晤面。若阁下未打消翻本念头，我在11点之前再来奉陪。迪·巴。"我敲敲房门，里面没人应声。我们打开房门一看，奥拉弗躺在地上，已经死了！我把房间所有的窗子都仔细关好，提起奥拉弗的皮箱，然后锁好门，并贴上了封条。

隔壁的巴恩斯托克已被惊醒，我问了他门上纸条的事，他承认是他写的。他和奥拉弗赌钱，奥拉弗输了，一直想找他翻本。

我叮嘱老板如果见到欣库斯，一定设法抓到他。我回到自己的房间，打开奥拉弗的皮箱。里面什么也没有，只有一部什么仪器——一个表面粗糙的黑色金属盒子，上面有五颜六色的按钮。我倒在沙发上，点着一支烟，仔细地思考这起案件。奥拉弗的房门是从里面反锁的，然而窗户大开。他的头部被凶残地扭成180度，形成脸孔朝着天花板的惨状。他的双臂伸得很长，差不多要碰到皮箱，这是他唯一的行李。他的脸孔丑陋，瞪眼，龇牙咧嘴，嘴边嗅得出有股淡淡的，然而分明是某种化合物的气息。房间里没有明显的搏斗痕迹，床单被揉成一团，橱门大开，沉重的沙发也挪动过。窗台和铺满雪的窗户都没有发现印迹。很显然，奥拉弗的死亡同一种神秘力量和脖子受到残酷扭拧有关。不容易理解的是他嘴边的气味。还有，奥拉弗身材高大，凶手无须很长时间、大叫大嚷和反复较量，就可以把他的脖子扭断，这得需要多大的力气才行？凶手是谁呢？是欣库斯？他看起来有点孱弱。或者是写纸条揭发欣库斯的人？

就在我觉得侦破方案似乎有点眉目的时候，我忽然听到陈列室里有人用力敲打墙壁的声音。我警觉地走过去，发现声音是从桌子底下发出的。我蹲下来一看，竟然是欣库斯！只不过他被绳子捆着、嘴里塞满破布。我给他松了绑，问他："这是怎么回事？"

"我怎么知道！"欣库斯愤愤地说，"我一个人坐在屋顶上打瞌睡，忽然感到胸闷气喘，痛得在地上打滚，后来就什么也想不起来了。我发现自己被塞到桌子底下，我差点就发疯了。再后来就是您来了。这就是事情的全部经过。"

"能不能告诉我捆您的大概时间？"他想了一会儿说："我想，大概是在9点，我最后一次看表的时间是8点40分。"

我注意到他的手腕处有紫色的斑斑点点，脖子上也有青紫色伤痕。显然有人从前面袭击了他，但他又不肯说是谁——看得出他对此人很恐惧。同时我也排除了他参与谋杀奥拉弗的可能，因为他还不知道奥拉弗的死亡。但我还是把他锁进了房间。

我去敲巴恩斯托克的房门，我觉得应该同这个老头谈谈了。他很快给我开了门，显得非常激动。房间里全是烟草味。"我亲爱的探长！我觉得浑身不自在，不过这可同案子无关。我应当向您坦白，我犯了一个小过失……"

"那就说说您谋杀奥拉弗的理由吧!"我马上接过他的话,一面坐到沙发上。

他激动得直摇手:"啊!上帝!我没有!我一生还没有动过别人一指头,我发誓,绝对没有!我只有一件事认错:我在旅馆搞了骗局。我这样做完全是开玩笑。这是我的职业病,我制造神秘气氛,故布疑阵……但是我没有任何恶意……"他承认把自己的皮鞋放在登山运动员的床下,在淋浴间里搞小动作,还有我房间的烟斗里的烟雾。但他说我桌子上的胶水和走廊上的脚印不是他干的。我又让他回忆一下在9点半到10点半之间有哪些人留在餐厅里,他想一想说:"这个问题要复杂一些,因为当时我们正忙着打牌,在场的自然有摩西、老板,摩西夫人还不时跑来记分……后来,挂钟敲过9下,当时我还看了看大厅,只有布柳恩和奥拉弗还在跳舞。"

"这期间老板和摩西一次也没离开过牌桌,是吗?"

"没有,他们两个杀得简直难分难解。"他肯定地说。

"然后呢?"

"大家都离开后,我坐在沙发上抽雪茄,忽然想起我答应过奥拉弗10点钟让他翻本。我知道离约会的时间算起来还不算太迟,就拿了一沓钞票和几根雪茄,来到奥拉弗的房间,可是里面没人。我就在门上留了那张纸条,一直等到11点才睡。对了,还有一件有意思的事,那就是在您和老板来过之前,有人敲过我的房门,我把门打开了,但一个人也没有。"

"睡觉之前没有听到什么响声?"

"没有。"

"哦,再提最后一个问题,昨天午饭前您有没有和欣库斯谈过话?"

"没有。这个人又矮又小气。有一次我给他变魔术,变的是冰糖,他当时惊慌得不知所措……。"

"您有没有上过屋顶？"

"没有，我从来不上去。"

我站起来说："谢谢您，巴恩斯托克先生，您说的情况对调查很有帮助，只是希望您今后不要再搞骗局了。"

我向他道过晚安就去找年轻人，看来她是最晚见到奥拉弗的人。但是我忽然听到西蒙纳的房门砰的一声关上了。我立即转身向他的房间走去。我没有敲门就走了进去，见他正跳着一只脚脱裤子。见到我他惊慌失措，后来在我的逼视下终于忍不住了："我向您发誓，我没有杀她！我抱住她的时候，她的身子已经完全凉了！"西蒙纳激动地告诉我，旅馆里又有了一具尸体，这一次是个女人。"她以前就暗示过我，只是我没有下决心……这一次我喝多了，终于下了决心。就在11点大家都安静下来的时候，我走下楼去。当时您正和老板在谈一些鸡毛蒜皮的小事。我偷偷溜进她的房间。摩西老头屋里没有灯，她这里也是。房间里很暗，但我还是看出她的轮廓，她坐在面对房门的沙发上。我轻轻地叫了一声，她没有吭声。我坐到了她的旁边，一把就抱住了她。唉，我甚至没有来得及吻她一下，她的身子已经完全凉了。冷得像冰，僵硬得像根木头！我都记不清自己是怎么跑出来的了……"

我有点不信，就让西蒙纳穿上衣服跟我一起去看看。当我果断地推开摩西夫人的房门时，我不禁怔住了。房间里亮着紫红色的落地柱状大灯，漂亮迷人的摩西夫人正坐在房门对面的沙发上看书。她看到我，眉毛惊奇地抬了一下，但随即露出了亲切的微笑。西蒙纳在我的背后则发出了一声惊骇的尖叫。

"对不起"，我勉强笑着向摩西夫人道歉，尽可能小心地关上门，然后我回过头来抓住西蒙纳的领带。

"我发誓！"他差不多要昏厥过去了。

"您弄错了！"我冷冷地说，"我们回您的房间去。"

我忽然想到，奥拉弗的箱子还在我的房间，我应该向这位物理学家请教一下。于是我把他带到我的房间。我向他问了一些问题。他发誓他经历的一切都是真的。他也没有听到奥拉弗房间有什么不对的声音，他没有同欣库斯谈过话，而且，他承认偷看摩西夫人，在空房间里打铃叫卡依莎，在走廊里留下湿脚印。这些都是为了开玩笑。但他没有拿过摩西的金表。然后，他查看了仪器，他认为这可能是军用品或宇航用品。

西蒙纳走后，我把奥拉弗的箱子锁进老板的保险柜。我试着从卡依莎那儿得到点材料，但一无所获。只好去向老板问欣库斯的情况。他也同样知道得很少，但他提供了一个很有价值的信息：在9点半之前布柳恩同奥拉弗一起出去了，以后再也没有回来。

于是我就去敲布柳恩的房门，我敲了很久她才开门。她开始很生气，因为现在已是半夜2点了，可是，当她知道奥拉弗已经死了，害怕了。她说跳完舞他俩一起在走廊上谈了一会儿，他想知道她到底是男是女，结果她打了他一耳光，然后他就走了。她说他们从餐厅出来的时候不会早于9点，因为9点他们还在跳舞，这一点巴恩斯托克可以作证。而且，他们刚从餐厅出来时，看见欣库斯正向去屋顶的楼梯走去。他穿着那件笨重的大衣。而欣库斯的表是在8点43分压坏的，说明他在9点钟时已经被人捆在桌子底下……我疑惑了：是欣库斯在说谎？还是他在演戏？

我又来到欣库斯的房间，发现房间里的灯全亮着，浑身是汗的欣库斯，张嘴瞪眼蹲在床的后边，屋子中央有一把折断的椅子，欣库斯的手里攥着一把小刀。他的神情仿佛已失去了理智，眼里满是血丝，这使我原来认定他扯谎或演戏的想法动摇了。因为只有最出色的艺术家才能演好这样的角色。然而我还是恶狠狠地说："谎话我都听腻了，欣库斯！您欺骗了我！您说过捆您的时候是8点40分，然而有人在9点钟以后在走廊上见过您！这是怎么回事？"他的脸上闪过惊慌失措的神色："有人看见了我？问题就在这里！探长！有人在走廊上见到过我……我自己也看见了自己……我自己抓了自己……自己捆了自己……也自己把自己关在屋里！我——自己！……您明白吗？探长？我——自己！……"

我下楼走进大厅，阴郁地对老板说："欣库斯发疯了，您这里有没有镇静剂？"老板拿了药去给欣库斯注射去了，而我则感到头昏。现在时间已经是3点55分了。也许旅馆里还有一个欣库斯的孪生兄弟？一个疯子？可是这又是不可能的，在这个旅馆里他根本无处藏身。我决定还是去摩西夫妇那儿去找答案。

摩西老头没有让我进他的房间，听到敲门声，他走出来站在走廊上，一只手拿着不离左右的金属杯子。他拒绝回答我的问题，还挖苦讽刺我。不过最后他允许我当着他的面向摩西夫人提两个问题。"夫人"，我单刀直入，"根据调查断定，您昨天在9点半左右曾经离开过餐厅。您当然能证实这一点，是吗？"

"是的，我能证实这一点，当时我有事离开了餐厅。"

"您从餐厅下楼去您的房间，而10点刚过您又回到了您的餐厅，是这样吧？"

"是的，说实话，时间我不能完全肯定，但事情的经过肯定是这样。"

"我希望您能回忆一下，离开餐厅和回到餐厅的路上，您碰到了谁没有？"

"是的，我回餐厅的时候，在楼梯口的左边有一对手拉手亲热地谈着，一个是奥拉弗，一个是布柳恩。哦，对了下楼时我还碰到那个矮小可怜的欣库斯。他上楼时同我迎面碰上，而且明显是从大厅里来的。他走的不急，看来是在思考什么问题，因为他根本没有看我一眼。他当时穿着一件可怕的大衣……叫什么皮袄！皮袄上面湿漉漉的，还有狗毛的气味……"

"喂，探长！您问完了吗？"摩西大声喊道。

"没有，还没有完全……"我慢腾腾地说，"还有一个问题，舞会结束之后，夫人，您是不是回房间就睡了，而且睡得很熟?"

"是的，睡得很熟，我打了一会儿盹，我感到兴奋，我喝酒过了量……"

"会不会有什么东西把您弄醒了?"我说，"因为我后来无意走进您房间的时候，您并没有睡觉。"

"我……是的，我确实没有睡觉，然而我不能告诉您，探长，有什么东西把我弄醒了。如果您想了解我在夜里是不是听到了什么可疑的声音，我可以肯定地说，没有，我没有听到。"

"探长，现在，大概谈得差不多了吧?"摩西又催促我了。

"是的，"我站了起来，"我还有最后一个问题。"

"今天白天，午饭前不久，您上过屋顶的，摩西夫人……"。她笑了，打断了我的话:"没有，我没有上过屋顶。我从大厅上了二楼，一边心不在焉地想着事情，后来就走到了这个可怕的楼梯口，我感到自己很蠢，甚至不明白我走到了什么地方……"我本来还想问下去，可是瞥了一眼摩西，我立刻打消了念头。摩西的脸愤怒得像莱丽，而且膝盖上已放了一条鞭子。我赶紧告辞。

我分析布柳恩对我说了谎，于是又来找她。这次她顺从地摘掉墨镜，果然是个姑娘，长得相当漂亮。她承认进过奥拉弗的房间，他们两个在房间里接吻。忽然，山崩发生了，他忽然放开她，抱住了头，像想起了什么，跑到窗口，但又马上回来抓住她的肩膀，把她推到走廊，他立即关上门——这声关门声当时我在楼上听到了。

我还是毫无头绪，我搜查了旅馆所有的地方，仍没发现任何线索。这时，老板跑来告诉我:独臂人醒来了。

独臂人一定要见奥拉弗，说是有事，虽然他们没有见过面。我告诉他奥拉弗死了，他执意要看看。于是我带他到了现场。奇怪的是他认出死者就是奥拉弗，还想要他的皮箱，"这不可能"。因为我的问题他拒绝回答。我让他回到自己的房间，我则在大厅的沙发上睡着了。我实在太累了。

后来我觉得有东西碰我的脸，睁眼一看原来是莱丽。它给我叼来一只黑色的短枪。这是一支真正盗匪用的手枪，0.45口径，湿漉漉的，枪身上还有一些尚未融化的雪粒。我卸下弹夹，惊奇地发现子弹弹头竟然全是镀了银的！我跟着莱丽来到距旅馆约50米远的地方——这是它发现手枪的地方。我推测了一下，手枪应该是从屋顶上扔下来的，而且扔的人一定是个优秀的投掷手。

这时，独臂人主动找到我，表示愿意回答我的一切问题，条件是给他箱子。他告诉我奥拉弗不是被打死的，而是自己死的，因为那仪器，那仪器很可怕，对大家都有危险。这样的谎话显然骗不了我。他又想用钱收买我，他从身上的口袋拿出两叠厚厚的钞票。这倒让我把他和摩西联系在一起了，因为他来的时候身上空空如也，而旅馆能拿出这么多钱的人，只有摩西。现在，我至少弄清了摩西、奥拉弗和独臂人是一伙的，而欣库斯则是另一伙。我决定再次审问欣库斯。

不幸的是，由于我大意，冷不防被欣库斯摔了个跟头，晕了过去，要不是西蒙纳及时赶来，把欣库斯打晕，后果可就不好说了。我和西蒙纳一起把欣库斯弄醒，这次他全坦白了："是这样的。我是被头头钦皮翁派来的。听说上个月他用什么办法找到一个叫维利泽符的家伙，他总共为我们作案两次，然而这两个案子普通人无论如何也干不了。您是知道的，抢劫国家第二银行和袭击装金块的装甲车，这两个案子都是家喻户晓的，你们根本无法侦破这两件案件。但不知为什么，那家伙干完这两个案子后，突然决定洗手不干了，而且巧妙地逃脱了。于是我们就被派出来四处拦截他。"

"那么在我们这个旅馆里，谁是维利泽符呢？"我问。

"我不敢肯定，但我对巴恩斯托克很怀疑。所以我给他写了那个字条。要知道维利泽符根本不是普通人，他是个巫师，会变形术！我亲眼见他变过各种各样的人。没有亲眼见过的人是不可能相信的。还有他的婆娘，我亲眼见过她把两吨重的保险柜翻了个身，还飞檐走壁，把它拿走，而且是夹在腋下！知道是谁把我捆起来的吗？就是她！我想准是维利泽符认出了我，于是在我去屋顶时他派自己的婆娘想吓死我，当时我确实吓坏了，您知道她变成一个像我的一个怪物，站到我的面前，差一点儿……"

"他为什么不干脆把你打死算了？"我打断了他的话。"不，他不能这样做。维利泽符一旦伤害到人的性命，他那全部魔力就消失得干干净净。知道我刚才为什么袭击你吗？我是想抢回那把手枪。要知道只有用银弹头的子弹才能打中有变形术的人。钦皮翁早就准备好了这些。我已经给钦皮翁发了电报，如果不是山崩，傍晚他们就已经来接应我了。"

听了欣库斯的话，我终于对案情有了一个清晰的线路，但同时，我也意识到问题的严重性，我马上布置了防备，并且用老板的信鸽给警察局送了信，我希望警察能比钦皮翁早一点到达。

我累坏了，决定先睡一觉，然后再去找摩西。我觉得只睡了一会儿，可醒来时已过了12点，因为这时有人敲门。西蒙纳走了进来，他已经跟摩西交换了看法。西蒙纳在我旁边坐下："没有什么妖魔，探长，只是摩西并不是人类，他和独臂人都不是地球人。"看着我惊讶的神情，他继续说："摩西来到地球已经一年多了，他带着一个观察地球人的任务，为了以后找机会同地球人接触。大约一个半月前，他落到一帮匪徒手中，被要挟参与了抢劫。后来好不容易才逃出来。独臂人是领航员，他们昨晚半夜该启程离开的，可他们的一个设备爆炸了，还引起了山崩。他们需要帮助，探长，如果匪徒比警察早来，就会把他们打死。"我看着他，沮丧地想，这旅馆里又多了一个疯子。

"您要我干什么？"我问他。

"把箱子里的仪器给他们，那是蓄电池。机器人用的电能，奥拉弗并没有死，他是个机器人，摩西夫人也是，爆炸使他们的电站毁了，100公里以内的机器人无法得到供电都处在危险中，需要及时接上自己携带的蓄电池。摩西夫人，你还记得我曾把她当成死人，就由摩西先生亲自接上了电池，而奥拉弗没有来得及……"

"好啦，不要再说这些无稽之谈了，任何有头脑的人都不会相信，"我打断西蒙纳的话说，"退一步讲，就算奥拉弗和这位婆娘是机器人，他们已经参与了盗窃案，犯了罪，我也不会放过他们的。"

这时，摩西走了进来。他向我承认了一切，从头至尾。他承认弄脏了我的桌子并在上面放了纸条，他想让我注意欣库斯，接着把金表和手枪放进欣库斯的旅行包——当然这反而引起了我的怀疑。他承认和摩西夫人——一个简单的工作机器人参与了抢劫——虽然是迫不得已，但他愿意对此作出补偿：赔偿国家的损失，一共100万克朗和一部分黄金。他请求我放了独臂人，他已经受了伤，宇航服坏了，一只胳膊受到毒害。还有，马上把仪器给奥拉弗，他们的电站毁了，只有奥拉弗才能修复。奥拉弗是这个电站的机器人检查员。否则，他们不能离开，都得死。我还是不信，坚持让他露出真实的面孔让我看看，他摇摇头说那样我们双方都受不了，因为他只是一件密封的宇航服，摩西先生的声音只是一个转播装置。

正当我们相持不下的时候，老板和西蒙纳进来袭击了我，这是我根本没有想到的。他们想帮助外星人。老板按住了我本来已经受伤的手，西蒙纳则迅速打开保险柜，把箱子拿走。过了一会儿，我听见外面传来一阵兴奋嘈杂的声音，接着听见摩西用超人的力量大声喊道："准备好啦？出发！……再见！地球人！下次再会！"西蒙纳也在大声地回答着什么。接着玻璃和地面一阵颤动，再后来就是一片寂静。

老板这时脸色苍白，他无力地放开我，我走到窗口。这时，我听到远处传来一阵嗡嗡声，听见外面有人喊："是他们！晚啦！该死的东西，来不及了！"我转身向屋顶的楼梯跑去，然后我看见了令我一生难忘而又内疚的画面：在前面奔跑的是摩西夫人，她腋下夹着一只大黑箱子，老摩西则端坐在她的肩上，在右边奔跑的是奥拉弗，他背上背着独臂人。摩西夫人宽大的裙子在风中狂飞乱舞，老摩西的鞭子片刻不停地甩动。他们奔跑得极快。然而一架直升机拦住了他们的去路，一阵枪声刺耳地传来。接着，奥拉弗摔倒在地，摩西在雪地上翻滚。西蒙纳抓住我的衣领号啕大哭："你看见了没有？你看见了没有，你这刽子手！刽子手……"

当飞机从空中远逝的时候，雪地上已没有了他们的踪影，摩西、摩西夫人、奥拉弗、独臂人都不见了，只有雪地上一些杂乱的痕迹。我木然地站在那里，呆了许久，许久……

两天后，警察才来，我向他们提供了一份详细的报告和摩西留下的100万克朗和黄金。我们在雪地里找到了500发银弹头的子弹。几个星期后，一对滑雪旅游的夫妇证实他们看见一架直升机当着他们的面坠入美女湖中——从时间上看肯定是钦皮翁的飞机。我们组织了几次调查，但什么也没发现。美女湖有400米深，而且很冷，地形也很复杂。但从此钦皮翁就再也没有了消息。西蒙纳的看法是：被打伤或打死的机器人在飞机上用最后的能量摧毁了飞机。不过我更愿相信是摩西他们安然无事——而且，他们摧毁了钦皮翁的飞机。这种愿望或者说是内疚一直伴随了我一生。我记得摩西说过他是他们行星上第一个访问地球的人，所以，我一直期望着他的第二次来访——虽然，他一直再也没有出现……。

（贾立明　缩写）

宇宙飞船历险记

〔美国〕路易斯·斯洛博金

8月中旬的一个夜晚，埃迪·布洛临睡前站在奶奶家的门廊里，遥望着繁星密布的夜空。

"奶奶，今晚流星真多！"他喊道，"快出来看呀！……好多好多。"

不一会儿，奶奶从屋子中走出来，边在围裙上擦手边问道："埃迪，刚才你说了些什么？"

"奶奶，我是说流星，就是大的陨星或某些东西，它一掠而过，不停地燃烧，有时没烧完就落在地上……砸一个大坑……瞧，又一个！真好看！……就掉在苹果园后面的山脊那边了！"

"哎呀！哎呀。"奶奶喊道，"真好看，但希望它飞过山脊，千万别掉在地面上，很可能它正好掉在苹果树王上。"

原来那苹果树王是埃迪奶奶的爷爷所种的第一棵果树，而园中所有别的果树都是它的子孙后代。

埃迪和奶奶谈论着流星，不知不觉到该睡觉的时候了。奶奶说："埃迪，快去睡觉吧！明天你起床后，第一件事就是应该去看看果树王。"

"好吧！奶奶，我当然要去，晚安。"

埃迪说完就跑到楼上的卧室中，连鞋也没脱便一头扎在床上陷入了沉思：

如果流星当真掉进苹果园怎么办？

如果它正好掉在果树王上怎么办？

如果它此刻正在果园里燃烧怎么办？

流星燃光了将是什么样子？

埃迪今年11岁半，戴着一副眼镜，喜欢科学和自然，他常给自己提问题，然后想办法找出答案。他在图书馆里看了很多书，并且喜欢收集各种小动植物标本。每年假期都在奶奶的农庄度过。

当埃迪想到流星的许多问题时，他再也睡不着了。他终于决定背着奶奶到果园中去看看。

埃迪穿过崎岖的山路，还好，月光很明亮。他左拐右拐来到树王附近，借着月光，埃迪突然看到一个东西，使他毛骨悚然！

在距地面约10来英尺的一个大树杈上，有一个东西在晃动。样子光秃秃的，很怪……

啊！原来这是一个身材矮小的人！

这个小人站在树杈上，头朝下倒立着，他站在那就像站在平坦的地面上一样自然。小矮人约3英尺高，他好像正借助月光用一个小望远镜朝村子里瞭望，边观察边记录，把所有记录都输入一台微型打字机里。突然他掉了下来，砰的一声头先着地，但这对他毫无影响，因为他立刻就站了起来。等他站稳时才发现埃迪。他调整了一下没有引力的鞋子，走到埃迪面前问道："你……是本地人？"

"是。"埃迪回答，"你在我奶奶家的果园里干什么？"

埃迪显然对这位不速之客很反感。说着竟冲动地上前要揍那个小矮人。只见小矮人用手指轻轻一点埃迪。

埃迪猛地坐在了地上！

"慢慢讲……不要发火。"小矮人说。

埃迪从地上爬起来，握紧了双拳。

小矮人也威胁地伸出了他的手指。

原来小矮人是马蒂尼星球来的考察者。埃迪知道他的来意后，才消除敌意，和他友好地交谈了很长时间。之后，小矮人让埃迪来到一个沟边并让他观察了他的宇宙飞船。这只飞船在月光照射下，很像一个翻过来的大金属盘子。它的直径约有15英尺，表面有许多奇怪的小零件，沿着外缘整齐地排列着。等小矮人让埃迪看完他的宇宙飞船后，便快速地用小树枝把它藏好。

埃迪邀请小矮人到奶奶家留宿，小矮人很高兴地同意了。他用手架住埃迪的胳膊，扭了一下鞋上的按钮说了声："时速40英里。"这时埃迪发现，他们一眨眼的工夫便到了奶奶家。

第二天早晨，埃迪被奶奶叫醒，他发现此时小矮人已不知去向。埃迪吃了一点儿早餐，便冲出房间向果园奔去。埃迪来到树王旁，发现小矮人正在那个很深的沟里。小矮人发现埃迪来了，便拿出一个像小风车的东西，按了一下按钮，这时小风车飞速旋转，他把风车举过头顶，小矮人嗖地升了起来。原来这是一架微型直升机。

小矮人把埃迪引入沟中并参观了他的星际火箭盘。

埃迪顺着小梯子爬下去，来到宇宙飞船里面的圆形房间。房间很亮，但看不见光源，什么灯也没有。神秘淡蓝色的光好像直接从墙射出来的。房间里没有阴影，房间长约10英尺，高约6英尺。中央有一根很粗的金属柱子，各式各样的小机件、齿轮、杠杆和仪表占了半个房间，另一半摆放着一些柜子，柜盖上安着一排小环和旋钮。小矮人向埃迪一一介绍星际火箭盘中的各种设备名称："这是超音速指示器，电子放大器，微光度计，分光仪，单色绘画器，干扰消除器，星际通信系统……。"

当小矮人想不起某个零件的恰当英语名称时，他就翻阅他的小盒子字典。埃迪对小矮人提问道："星际火箭盘是怎样运转的呢？也就是说，它靠的动力是什么?"

小矮人向室中间柱子那边走去,他按了一下旁边的电钮,一扇小门打开。埃迪发现一大卷发亮的金属线,这金属线有3英寸宽,线的一端插进一个与暗箱一般大小的小黑匣里。小黑匣子连着一根金属杆,那只金属杆一直通到柱子顶端。

小矮人说:"这就是秘密Z动力。"

埃迪惊讶了。

小矮人说:"这种线在真空装置中爆发,秘密Z动力产生强大动力,输送给火箭。"

"哎呀,我看它与原子能差不多。"埃迪说。

"原子能!早过时了,在我们星球原子能只用在缝纫机上。"小矮人嘲笑般地说。

埃迪惊讶地张了张嘴巴,没有说出话来。小矮人怕Z动力和小黑匣子失踪,于是把它们带到了身上,并且要求埃迪替他保守秘密。过了一会儿,埃迪带着小矮人回到奶奶家里。奶奶很高兴埃迪认识了这样一个朋友(当然,奶奶并不知他是外星人),并叫小矮人为马蒂。

埃迪和小矮人吃过饭,奶奶让他们去买东西。小矮人换上了一条埃迪的蓝裤子并把秘密Z动力线圈和小黑匣子带好。埃迪领路,他们爬过院墙,跳过墙根的小溪,兴高采烈地向杂货店跑去。

在杂货店里他们遇到杰克上尉,杰克上尉按照奶奶的货单为他们置办好了一切所需货物。这时,又遇到了本村的校长皮尔逊。皮尔逊校长欢迎小矮人和埃迪参加下周四在米勒塘边举行的童子军大会。在回去的路上,他们发现一架飞机,于是小矮人边观察边做记录。

当小矮人要整理一下仪器时发现自己的Z动力不见了,他脸色惨白。

"Z动力哪去了?"他绝望地颤声说,"Z动力找不到了。"

于是他们在换衣服的牲畜棚里,在走过的路上,在杂货店里,在所有到过的地方，所有能找的地方都找了，就是找不到Z动力线圈。

埃迪发现小矮人在牲畜棚里爬来爬去，像一只受惊的大老鼠，窜来窜去。突然小矮人发现Z线圈在地上留的痕迹。

原来，线圈确实在小矮人换衣服时丢在了牲畜棚里。奶奶在补纱门时，发现了这个线圈，并且用了一块儿。用之后又把余下的放回原处。再就不知哪儿去了。

小矮人所有的仪器都没有动力了，需要Z动力来补充，埃迪把奶奶补纱门的那块Z线圈拿下来，交给小矮人补充仪器所需的动力。

小矮人和埃迪找了整整一下午，始终没有找到，小矮人伤心极了。到吃晚饭时，他没有同埃迪一起回去吃饭。他悲伤地对埃迪说："如果Z线圈找不到，那么它就会受潮失效。我必须回到星际火箭盘里去，必须与马蒂尼星球取得联系，报告紧急情况。"

那天夜里，埃迪和奶奶坐在门廊里。奶奶说："瞧，埃迪，朝天上看。树王背后山脊那边在打闪，要有暴风雨了。"埃迪默默无言，他知道，这是小矮人在发信号。他心想，这微小的光亮能与马蒂尼星球联系上吗？

次日清晨，小矮人很早便到牲畜棚里去寻找。不久埃迪也来了，突然他指着地板上发出奇妙蓝光的地方喊道："嘿！那是什么？"小矮人转身看了看埃迪，只是耸了耸肩。

"这没有什么，Z动力在这碰过地板，Z动力快用尽时就会发出这样的光，很快就会消失，也许一天，也许两天……星际火箭内部就是用这种光来照明的。"

小矮人和埃迪找啊找，后来在公鹅的嘴上、山羊的胡子上发现蓝光，小矮人和埃迪立刻抓住它们。小矮人用X光透视，看是否被它们吞食到腹内。结果大失所望。

埃迪最后放开山羊，当他们看着它跑出牲畜棚时，埃迪转念一想："咳，我知道怎么回事了，可能是它们其中一个把Z线圈叼到别处了。我常见到这只老公鹅嘴里叼着一片木头或别的东西在院里走来走去。这只老山羊也有时叼着东西乱跑。就是那么回事，其中一个把它们叼到别处，又把它丢了。"

小矮人赞同埃迪的想法，于是他便天天跟踪老公鹅和老山羊。

奶奶说："唷，可怜的马蒂，连鹅和羊都未见过，哦！太可怜了。"

苹果园的浆果一下子全熟了，奶奶让埃迪去采摘。奶奶把果子做成罐头，还做浆果饼和松饼。每年夏天，埃迪和奶奶都如此。所以在小矮人跟踪羊和鹅这段时间里，埃迪很少与他碰面，他也想帮助小矮人，总觉得对不起他。

一天晚上，埃迪可下忙完当天的活计，便来陪伴小矮人。他们坐在河边，埃迪用一根树枝在水里搅动，他搅起泥沙，用棍子尖把枯叶和乱草挑起来；然后又抛入水里。无意之中从水里挑出了失踪很久的Z线圈！遗憾的是，Z线圈受潮，失去了效力。

小矮人失望极了，他默默地向果园中走去。埃迪望着小矮人远去的背影，很是同情。

童子军大会要到了，埃迪说服了小矮人同去，以便调解一下他的心情。小矮人同意参加。

埃迪和小矮人到达时，童子军大会正在热烈进行。埃迪穿着童子军制服，奶奶把埃迪幼年的童子军服给小矮人穿上。

米勒塘边的牧场里搭了三个帐篷，每个帐篷前都有一个牌子，上面写着童子军番号，每个帐篷前都有一面旗子迎风招展。埃迪发现皮尔逊先生吹着哨子正在333队前布置和指挥着什么。当他见到埃迪他们，便友好地喊道："哈罗，童子军队员，欢迎你们参加这次盛会。"

后来，皮尔逊先生给大家布置了参赛任务。埃迪参加了三项竞走、四项游泳、一项烹调，一项装拆帐篷、一项急救赛，并且还是拔河中的一名队员。

　　小矮人任务较轻，可能是因为他穿着埃迪幼年的童子军军服。皮尔逊先生认为他还很小，比赛经验少，只让他参加"两人三腿"（和埃迪一组）百码短跑，套袋赛跑，搜索比赛和一项游泳赛——潜泳自由式。埃迪答应小矮人赛前把比赛规则讲清楚。

　　尽管埃迪把规则说得很清楚，小矮人还是似懂非懂，以至于在比赛中拿出了他的无线电动力微型直升机，装上轮子就转起来了，他离开地面，一眨眼就到了终点线！当然，除了埃迪别人是不知道这个秘密的。后来，埃迪告诉小矮人这是不公平的，小矮人很惭愧。

　　由于每次比赛小矮人都取得胜利，会场的童子军高呼着："马蒂，马蒂！真棒！"每个人都为他喝彩。

　　大会闭幕时，童子军唱完童子军军歌之后，皮尔逊开始给优胜者发奖。当给小矮人——马蒂发奖时，马蒂走上前去，接过奖品，看了一会儿，又把奖品扔到皮尔逊手中！

　　他指着自己说："我不是个好童子军。"

　　说完转身就走了，埃迪在后面追赶上他。皮尔逊吃了一惊，但由于还有许多奖要发，他就没停下来，小矮人和埃迪向奶奶家默默走去。

　　他俩在苹果园分手前，埃迪教小矮人握手方法，接着把手伸出来。

　　"马蒂，你知道吗？我想你是个很出色的童子军。"

　　马蒂默默无言，埃迪知道，他有极重的心事，那就是失去秘密Z线圈动力，无法返回马蒂尼星球。

　　自从童子军大会之后，埃迪常与马蒂见面。因为埃迪要回纽约上学，这是在奶奶农庄的最后一个星期了。他带着小矮人去钓大头鱼，小矮人竟然不用鱼钩，而是用手来抓，结果那一次收获很多。他又带马蒂走访附近的村落。他又和马蒂聊天，可马蒂从不谈起星球上的事以及家庭的情况，只是有时讲一讲科技方面的故事。

　　埃迪和马蒂两人徒步旅行了"荷兰人山谷""印第安人洞""华盛顿岩

石"，虽然旅行很劳累，但他们获得了很多知识。

8月最后一天的下午，埃迪到杂货店给奶奶取挡风玻璃和周报。他刚进杂货店，狂风忽起，埃迪进门后，杰克上尉高喊："把门关上，来怪物了！看那块乌云……我在这个村里住了近八十年了，从没遇到过这么怪的暴风，一定是什么怪物在作怪！"

那块乌云，有人说像雨伞，有人说像大蘑菇，又有人说像烂腌菜。云来得快，风停得也快，谁也弄不清是怎么回事，这一切太突然了。这一阵子可怕的狂风把尘土和树叶高高卷起……哗啦啦一阵响，大如碟子的雨点把树叶和尘埃打回地面，……风停了，立刻晴空万里。好像什么事也未发生。这场怪风没损坏任何东西。

在刮怪风时，奶奶还担心埃迪会被怪风刮走呢。埃迪平安回来，奶奶很高兴。

晚饭后，埃迪和奶奶谈论小矮人的事，埃迪担心，他上学走后，马蒂会很寂寞。奶奶答应好好照顾马蒂。

这时门廊里传来了脚步声，原来是马蒂来了。他没有穿埃迪借给他的那条蓝裤子，而穿着自己的那套整洁的深绿色服装，衣服上的扣子擦得雪亮。

奶奶让他吃饼，马蒂微笑着说："我是来告别的。"并且做个手势表示对奶奶非常感谢。

埃迪非常疑惑。

"怎么回事，马蒂？"埃迪激动地问，"怎么，发生什么事了？"

马蒂快速看了看手镯上当手表的刻度盘。

"必须回马蒂尼星球。今晚启程，午夜之前3小时起飞。"他轻松地说，"没有时间交谈了。"

埃迪在脑海里快速计算着。

"你是说午夜前3小时动身吗？是不是9点钟？哦，时间还很充足。快告诉我发生了什么事，快告诉我吧！"

马蒂皱了皱眉，深深地舒了一口气说：

"今天美国夏令时3点收到马蒂尼星球发来电报。"

"什么！"埃迪喊道，"你收到来自……电报上怎么讲？"

"电报上讲，要我做好准备，他们将给Z线圈输送雷达——星际——超动力——防磁辐射线，叫我把Z线圈露在外面。"

"啊呀！你是说Z线圈又有动力啦！"埃迪高兴地说道。

小矮人马蒂得意地笑了，从衣袋里掏出Z线圈。Z线圈在他手里像个小月亮在黑暗中闪闪发光。

"他们是怎么找到你的，马蒂？他们怎么会知道宇宙飞船在奶奶家的果园里？"

小矮人瞪大双眼，好像觉得埃迪问得太愚蠢了。

"马蒂尼星球的科学家使用星际特殊通信射线。在马蒂尼星球上，我们的科学家随时都知道宇宙飞船的确切位置。"他得意地说。

他说，收到这封惊人的电报之后大约只有1秒钟，一种巨大的动力冲击在星际火箭盘的火箭轴上。霎时，宇宙飞船里的墙壁发出淡蓝色的光。停了几星期的仪器和机件动的动，响的响。安置在适当地方的Z线圈又劈劈啪啪地响起来了。星际火箭盘又有了秘密Z动力了！

"喂……"埃迪打断了他的叙述，因为他想起下午在村子里目睹的这场怪风和乌云的事。"喂，我猜下午突然出现的怪风和乌云是……"

"什么乌云，什么怪风？"马蒂问。

"今天下午，我在杂货店见到的，"埃迪说得很快，"最初，这块大乌云像一棵大腌菜……喔，我推测这场怪风是马蒂尼星球输送巨大动力引起的，肯定是！"

"不是，不可能！"小矮人生硬地说，"马蒂尼的科学家不会搞错！他们只是给星际火箭盘输送动力。巨大的动力在宇宙间一直对着一点输送的。科学家定位准确，不会搞错。"

"但这阵怪风是事实，"埃迪执拗地说，"也许是这种动力扩散出了一些所造成的。"

小矮人耸耸肩似乎承认了他的推断。

"给星际火箭盘补充了巨大动力之后，我收到了第二封电报，电报让我立即返回星球。"小矮人说，"今晚9点必须返回。"

"咳，真棒!"埃迪高兴地说道。

小矮人摇了摇头，看上去并不高兴的样子。

"怎么，你不想返回星球?"埃迪问。

"想回去。"小矮人说。

"那是怎么回事?"埃迪问。

"因为我没有在预定的时期内考察完我要考察的地方。特别是马蒂尼星球对美国的科学特别感兴趣。可是我没有完成任务。"小矮人难过地说。

"喔，对了……我想可以帮忙……在这儿等一会儿。"埃迪想了一会儿对马蒂说。

过了不久，埃迪从屋子中抱出一堆关于美国的历史、地理、政治……方面的书送给小矮人马蒂，顺便又送给了他一套童子军军服。小矮人高兴得不知怎么感谢好。

他俩沉默了好一会儿。突然小矮人把东西放在门廊上，转身忙乱地从身上衣袋里掏出两件闪光的小玩意儿。

"这个送给奶奶。"他拿出一个金属线做的戒指，指着房内说。然后又拿出一件东西，"这个送给你。"原来这是一枚童子军徽章。这两件东西都是用珍贵的Z线圈做成。

接着，小矮人把书和制服拢在一起，把手伸向埃迪。

"再见……朋友!"小矮人说。

说完，他快速弯腰调了一下脚上的按钮，时速60英里，一眨眼就离开了门廊。

埃迪把戒指转交给奶奶，她很高兴，夸奖了马蒂，并希望再见到他。

夜幕降临，北极光在天空迂回闪动。埃迪和奶奶看着北极光流动着，摇曳着，一直到完全消失在黑暗中。客厅里精美的时钟敲了九下，突然从果园中的树王旁升起一道很长的亮光，笔直射向天空，转眼就消逝不见了。

次日清晨，埃迪来到苹果园。他站在树王背后的土埂上，朝宇宙飞船停过的地方望去，那里连沟的痕迹都没有了。沟已填好，地面上均匀地铺着一层树枝。

宇宙飞船已不见了，小矮人也不见了。

夏天又来到了，当埃迪从纽约来到奶奶的农庄度假时，他已经12岁了。奶奶见到他特别高兴。埃迪的算术极好，尤其在电学方面成绩特好，并喜欢博物学，他几乎能修好任何需要修理的电器。所以奶奶常把坏了的电器给埃迪留着，以待埃迪来了进行修理。

埃迪下车吃完午饭，就来到他的工作台。原来这工作台在牲畜棚里，埃迪由于爱好电器修理，所以待在牲畜棚里的时间远比在房间里多。这里的工具应有尽有，还有许多他搜集来的东西，如石子、箭头、昆虫等。

埃迪开始修理电器。多数电灯只需要换新灯泡，有的需要换电线。烤面包的炉具和所有厨房用具只需稍加修理。埃迪把所有电器修理了一遍，然后把它依次插在电源插座里。每件电器都运转起来。

这时奶奶进来了。"奶奶，怎么样？"埃迪得意洋洋地喊道。

"你真行，埃迪。"奶奶夸赞道。

说完很快进入牲畜棚，把这些开关都关掉了。这时埃迪发现，奶奶用右手碰某个电器就没事，用左手去碰，电器就会发出扑扑或劈劈啪啪的声音，然后停止转动。这时埃迪又发现，奶奶左手戴了一枚戒指。

原来这只戒指正是去年夏天小矮人马蒂送的。埃迪心想，影响电器的一定是这枚戒指。当然奶奶用右手碰电器就没事，用左手去碰就有事，这就可能是电路负荷过重——一定是秘密Z线圈起了导体作用。

埃迪重新开始修理电灯和被戒指搞坏的其他电器。

几只好奇的鸡、鸭和山羊站在牲畜门门口，盯着他干活。电线用完之后，他在工作台的隔板上的箱子里翻来翻去，寻找剩余的线头。有一个铁箱子，他费了好大劲儿还打不开，当他终于把这个铁箱子盖撬开时，令他大吃一惊。

一束奇怪的、耀眼的蓝光从打开的箱子射出来。

原来，这个箱子装着埃迪个人最珍爱的宝贝：里边有电报机，有最好的印第安人箭头，去年夏天马蒂用Z线圈做的童子军军徽。

埃迪明白是怎么回事了。箱子及里边的工具都充上了秘密Z动力。

埃迪从铁箱子里小心翼翼取出发报机。他按了几下电报机的按钮，性能完好。接着他把上面的指示器扭到收报的位置，接收电键就动了起来。突然他停下了手里的活，仔细倾听电键的响声。好像——对！好像有人在发报！

有个信号反复出现。

电键拼出的词是他自己的名字——"埃迪"。

埃迪急切等待全文，过了一会儿全文出现：

"埃迪……埃迪……美国……

马蒂……呼叫……马蒂……呼叫……

完……"

埃迪盯着抄录下来的电报，眼睛几乎要瞪出来了。于是他快速把电报机上的按钮拨到发报位置，发回电：

"马蒂……马蒂……我是埃迪……

完……"

他又把按钮拨到接收位置，屏息敛气地等待着，等待着！

又出现了第二封电报！

"埃迪……埃迪……马蒂来……美国……

1……7……9A.M. ……马蒂。"

会不会是说马蒂从马蒂尼星球飞来了？来干什么？什么时候来？"1……7……9A.M."是什么意思呢？

"1"可能是日子，"7"可能是月份，第7个月！"9A.M."那就可想而知了。

7月1日上午9时，啊呀！就是明天。埃迪在心中默想，兴奋极了。

埃迪激动得不知如何是好，他又拨到发报的位置，一遍一遍地发出："马蒂，马蒂……"但是当他拨回到接收位置时，却收不到回电。

整个下午他都开着接收电键等着回响，没有电文，直到奶奶喊他进屋吃晚饭。

次日清晨，埃迪醒得很晚。这时奶奶上楼来喊道："埃迪，快9点了，快起来吃饭。"奶奶话音刚落，埃迪已冲下楼梯，从她身边跑出门。"埃迪你不吃早饭了？"奶奶在背后喊。

"奶奶，我有点儿事，一会儿就回来"。说完一溜烟跑开了。

埃迪以最快的速度跑回果园。他看了看手表是9点01分。如果电文理解得正确的话，那么马蒂和他的宇宙飞船早已到达了。可在哪里呢？一定在苹果园附近。于是他又向果园奔去，这时发现一辆绿色汽车停在树王旁边的路上，他感到很诧异。

这像是一辆外国汽车，看上去同一个奇怪的烤花生炉子差不多。那种车在纽约街头随处可见。这时，突然传来一个严厉的声音："你来晚了。"

埃迪环顾四周，寻找声音是从何处发出来的。

是马蒂，正是去年夏天的马蒂，他依旧站在去年的树杈上。

"马蒂！"埃迪喊道。

马蒂伸出一个手指说："你来迟了，现在是9点04分了。"

马蒂穿着一件很奇怪的衣服，两只袖子上缀满了勋章。佩戴那么多勋章的童子军，埃迪还是头一次见到。马蒂腰间还系着满是按钮的宽腰带。他按了一下腰间的一个按钮，嗖的一声跳到地上，与埃迪热烈握手。

"你的宇宙飞船呢？你来多久了？"埃迪问。

"来吧，我一一回答。"小矮人马蒂说。

小矮人带着埃迪来到那辆绿色小汽车旁。用手指着它说："这就是我的宇宙飞船——马蒂尼星球上最新式的宇宙飞船。这艘飞船是马蒂尼星球上的科学家用特殊金属制成，这种金属叫迷惑人金属。"

"可是，马蒂，它看上去像个烤花生炉子。"埃迪不解地说。

马蒂从衣袋里掏出两只眼镜，是玫瑰色的，一只自己戴上，另一只给埃迪戴上。

这时埃迪再也看不见绿色小汽车了。

停在那儿的是一艘最漂亮最豪华的宇宙飞船。

"哦！好家伙，马蒂，真棒！我从未见过这么漂亮的宇宙飞船。"埃迪赞叹地说。

于是马蒂为他解释说："这只飞船是作为奖品为我而设计的，因为去年夏天我做了一个考察美国的报告。"

原来飞船是由两种"迷惑人金属"制成。这都是在马蒂尼星球发现的最著名金属。一种金属能抗可见光，不戴上马蒂和埃迪的这种透视镜是看不见它的。白天这种金属完全透明。另一种金属不能抗可见光。用肉眼可看见，又能像纸一样叠起来。飞船的外壳和所有仪器都用这种金属制成。

由于去年夏天Z动力失踪失效。马蒂大部分时间都在农庄度过了，没有完成考察任务。此次到来正是要弥补去年的遗憾。

马蒂和埃迪谈了很久。后来马蒂骄傲地说："这艘飞船可以周游整个美国，你想不想和我同去考察？"

"考察？考察什么？"埃迪诧异地问。

　　"整个美国。"马蒂说着从衣袋里掏出一张卡片念道："7月1日上午11点……去华盛顿，12点……走访印第安人部落……大平原上最早的土著人……下午1点去底特律市工厂，2点去最大城市纽约，3点去俄勒冈的西北部，4点去……"

　　马蒂决定在四天内考察完全部美国。并请求埃迪同去，埃迪欣然答应了。

　　临行前，埃迪请马蒂到奶奶家吃饭。马蒂同意了。于是，马蒂用一只手挎着埃迪的胳膊，另一只手按了一下腰间的按钮，只听嗖的一声，他们已经来到了奶奶的门廊里。

　　埃迪同马蒂来到宇宙飞船里。在座位前方有一块仪表，上面有各种各样的机件。宇宙飞船的内壁上有许多杠杆，按钮和旋钮。座位上方有一张地图，但又不太像。

　　他们都坐好后，马蒂转动仪表上的一个小旋钮。这次他似乎很满意，头顶上的领航图亮了。由于这是一艘全新的飞船，马蒂对它还不能熟练驾驶，以至于出现了不少差错。

　　马蒂转向埃迪，指着控制盘和领航图说："这是同步驾驶仪，定好目标，宇宙飞船就一直飞到目的地。"

　　当飞船起飞时，是那样平稳，埃迪一点也未感觉到。

　　"我们现在在大气层以外飞行，离地面1000英里，飞船完全由仪器控制，下一站是华盛顿。"

　　"屏住呼吸，我们要在华盛顿降落了。"马蒂喊道。

　　埃迪刚吸了口气，闭上嘴，就感到一震。他扭过头，透过眼镜向飞船窗外望去，只见一片绿荫。

　　马蒂说："华盛顿到了。"

　　宇宙飞船一落地，绿色小汽车就自动展开，从地板上立起，把他俩圈起来，他们从飞船中钻出来，他们决定去看国会大厦。

一位大个子警察驾驶一辆车停在飞船（小绿汽车）旁，对马蒂和埃迪说："喂，童子军们，你们违反了交通规则；应在街的另一边行驶，现在必须把你们的车开到另一侧，这次我不给你们传票，但下不为例。"

于是马蒂钻入汽车，趁警察擦汗之际，没留神，他把汽车升入高空，落到另一侧。警察边擦汗边说："快点儿，孩子。"当他擦完汗抬头一看车已经转过去了。警察惊奇地赞叹道："哦，真是位出色的司机。"

埃迪和马蒂在街上询问国会大厦，然而这个国会大厦，并不是他想象中的国会大厦。原来他们把飞船停差了，竟停在了佛罗里达的迈阿密滩。距美国华盛顿还有1000英里，这个错误令马蒂很不好意思。

他们乘船再次飞向华盛顿。途中仪表盘竟掉下来，幸好埃迪所带来的万能胶起了作用。他们飞过雪山……终于再次降落。他们以为此处就是华盛顿了，然而竟是波士顿，又出现了一个"小错误"。

马蒂说："又错过了，反正也要考察波士顿，那就先考察它吧。"

只用了半个小时，他们就把波士顿彻底考察了一遍。埃迪紧跟着马蒂，马蒂很小心地使用他的特殊速度。一只手挽住埃迪的胳膊，另一只手按在腰间的加速开关上。有人注意时，他们正常行走。没有人注意时，他俩就嗖的一声跃过马路和建筑物。

马蒂的头不时转来转去。有时，当波士顿的贵妇们在博物馆参观文物时，他们突然出现，不免吓她们一跳，可是她们还没弄清怎么回事，他们又不见了。

每当他们离开一个考察过的地方，马蒂总要停下；拿出一个长约1英寸的小银盒子，然后对盒子讲马蒂尼语。原来这就是类似地球上的录音机。

考察完波士顿该返回飞船了。这时马蒂按了一下腰中的按钮。原来这是自动回程仪，它是靠通向宇宙飞船的一种特殊光束控制的。无论离飞船多远，只要按一下返航仪的按钮，就会顺利返回。

宇宙飞船在波士顿上空盘旋，马蒂拿出卡片，安排好后三天的考察计划。

为了预防露水打湿飞船，他们决定返回奶奶家的牲畜棚里，顺便画好一张没有差错的美国地图。由于马蒂驾驶的飞船是新型的，所以他也有必要学习一下如何驾驶最新式马蒂尼星际超级透光火箭盘，以便再次考察其余地方，不会出现差错。

第二天清早，马蒂和埃迪继续考察。

他们乘船飞抵印第安人部落，并且遇到了汤米·朗鲍酋长，酋长热情邀他们进屋坐坐。

"进来，孩子们。进来，我欢迎你们。"

埃迪和马蒂盘腿坐下。

"孩子，你们都叫什么名字。"老酋长问他们。

"我叫埃迪。他叫马蒂，是我的朋友。"

埃迪、马蒂与老人谈了很多。老酋长告诉他许多有趣的事，并且很欢迎他们到部落来考察。当他们要走时，老人说：

"且慢，不要着急，如果你们想去华盛顿，我想给你们一点东西。"

汤米·朗鲍酋长吃力地站起来走到屋棚一侧，从那里的牛皮口袋里掏出几个羽毛装饰的战帽，他选了两个分别给他们戴上。

"我总留着几顶多余的战帽，遇到值得尊敬的人物时，我就请他们当我们'查克阿瓦加部落'的荣誉酋长。"并且告诉他们，他曾经给现任的总统也戴过战帽。如果他们去了华盛顿，只要说明来意，戴着他所赠的战帽，华盛顿人会很欢迎他们的。

之后，他们与老酋长依依不舍地告别，又踏上了考察的征途。

马蒂的战帽太大，不住往下滑，遮住了眼睛，有时几乎连仪表上的开关都看不清楚了，但马蒂仍坚持戴它。

当他欠身去把自动同步驾驶仪的方位定在华盛顿时（飞船在这一刹那

离开了加利福尼亚州的好莱坞），大战帽滑下来，遮住了他的眼睛。

他胡乱地扭了扭定方向的标度盘。在埃迪帮助下，马蒂才把大战帽推到眼眉上，这时，飞船一直向新奥尔良飞去。他们用很快的速度在街上转了转。

离开新奥尔良，他们乘飞船向华盛顿方向飞去。在天空，马蒂尽量躲开挡他们道路的那朵孤云。但由于他的战帽老往下滑，结果飞船又降落在芝加哥的一个牲畜棚里。

马蒂发现他又搞错了1000英里，心中对自己很生气，尽管这个城市也在考察之列，但他一眼都没看，就又启程了。

第三次飞行，马蒂勉强把飞船降落在华盛顿附近。他俩在费城闲情逸致地游览一番。马蒂看到了许多他想看的东西，并且把它们一一记录下来。有独立厅、自由钟、富兰克林故居和几个博物馆。然后他们结束了这一天的考察，把飞船开回农庄。

在返回农庄时，奶奶告诉埃迪，皮尔逊来电话让他去"华盛顿岩石"参加庆祝美国独立纪念日。并且村中的电工马维尔先生要埃迪帮他安装红、白、蓝三种颜色的彩灯。因为这个节日是重大的，所以隆重一点儿。马维尔先生打算再用火焰组成华盛顿、林肯，以及新上任村长西尔斯的像。在这些像上插放一面大型美国国旗。

埃迪的奶奶给自己斟了一杯牛奶，一饮而尽，而后又继续往下讲。

马维尔先生现在正在做肖像，把肖像做好后放置在大木架上。童子军正在帮忙。整个大会忙碌非凡。他邀请马蒂和埃迪去帮忙。

埃迪望着马蒂，马蒂想了一会儿，最后点了点头。

"那么，皮尔逊和马维尔先生一定会非常欢迎你们的。"奶奶高兴地说。

马维尔先生是个清瘦、动作缓慢和说话温和的人。

马维尔先生带领童子军和马蒂、埃迪热火朝天地工作着。他钉好了木架，装好了做焰火的炸药。由于天气干燥，让大家小心，不允许在会场划火柴点火什么的。

临近傍晚，一切准备工作基本完成。

音乐台搭好了，挂上了彩旗，挂上了电线。华盛顿岩石前面的草地上各种彩色灯泡已拧进插座。绑在大木架上的四个大型焰火图案竖立在岩石顶端。

善于即兴演讲的皮尔逊先生，摘下帽子，擦擦前额，开始讲话：

"孩子们，今天就到此为止，你们干得都不错。明天我们将举行空前的盛大的独立纪念日庆祝大会。这在我们这里是空前绝后的。现在活不多了，明天上午能来的请都来，还有好多活要干。晚上希望你们都来当招待员，端柠檬汽水，记住我说的是端，而不是喝。"

说了句玩笑话之后，皮尔逊说声"解散"，孩子们都各自回家吃饭去了。

"呜……！呜……！呜……！呜……！"

埃迪和马蒂刚坐下吃晚饭，就听到远处传来警报声。

埃迪和奶奶霍地站了起来。

"有地方失火了"，她喊道，"埃迪，你听一听，那是我村新装的警报器，15英里都能听见。哎呀，能是什么地方呢？"

这时警报器又响起来了。

奶奶说："响四声，正是华盛顿岩石那儿着火了。"

"华盛顿岩石！焰火！"埃迪与马蒂同时惊叫起来。

他们一跃而起，冲出门外。

他们到达那里时，火已烧了起来。通向岩石顶端的陡峭小路旁，灌木和小树也在熊熊燃烧。

埃迪和马蒂用沾湿的麻袋扑火。

这时随着警报声，人们从四面八方赶来。村长、皮尔逊、杰克上尉，还有许多童子军。

人们开始扑灌木上的火，可火势越来越猛，已开始向崖边蔓延了。

他们折腾了半天，毫无成效。这时马蒂挤到救火人的最前列。他从衣袋里掏出一件圆筒形的小东西，不慌不忙地把它对准火苗。

火苗一下子就熄灭了。

这时华盛顿岩石顶端上浓烟滚滚。浓烟上方闪着红红的火焰。火焰向大木架和装着火药的烟花方向烧去。人们惊呆了，人们心里清楚，后果将是多么的可怕。

这时马蒂一眨眼飞身到达岩石顶端。

没有人知道，他是怎样到那上面的（当然除了埃迪一人）。人们看见马蒂在上面跑来跑去，大战帽在他头上不停跳动，看上去似乎他正在用脚踩火。实际他正在用小圆筒有效地与烈火搏斗。

火！终于灭了。

人们欢呼着："马蒂……喂，马蒂……真棒，太伟大了……马蒂……！"

人们拥向岩石，村长大大赞扬了他，并且大家一致同意，承认他是本村的荣誉合法公民。

人们盼望已久的大会开始了。

马维尔先生慢慢爬上岩石亲手点燃焰火，五彩缤纷的焰火很是壮观。有火箭、直升机等许多花样。有一枚火箭爆裂出许多闪光五色彩碟，彩碟在高空盘旋。人们发出一片赞叹。

所有碟子都徐徐飘落，唯独有一只金绿色碟子越升越高，它在岩石上空久久盘旋。直到马维尔先生点燃他和马蒂一起做成的华盛顿、林肯、西尔斯村长和大型美国国旗的图案焰火时，它还在上空。

当人们屏息观览美丽的图案时，一直注视着那个逗留不去的金绿色碟子的埃迪，看到它突然转了一圈，钻入了天鹅绒般的星空！

独立纪念日庆祝会结束后，马维尔先生用出租汽车把埃迪和他奶奶送回农庄。奶奶邀请他进厨房吃点木莓饼和喝杯牛奶再回去。

他们步入厨房的这一时刻，埃迪喊道："瞧，奶奶，马蒂来过这里了！"

餐桌上放着一个小小的华盛顿美国国会大厦的石膏模型！前面钉着一个红、白、蓝三色温度计，底座上写着："华盛顿的纪念品"，小模型下面压着一张纸条，旁边放着一个漂亮的印第安珠子戒指！

纸上用铅笔写着几行字：

戒指送给奶奶。美国国会大厦模型送给埃迪。

再见

朋友马蒂

奶奶拿起珠子戒指戴上，还挺合适，她非常高兴。

马维尔先生看了看马蒂写的纸条。在一个纸角上印着华盛顿一家大旅馆的名字和地址。

马维尔先生说："这位大酋长一定忙于工作。"

埃迪的奶奶说："真是个好孩子。"

埃迪一声没吭，只点了点头。

（孙天纬　缩写）

傀儡主人

〔美国〕罗伯特·海因莱因

一

我不希望我们与任何智慧生物搏斗，因为那样失败者只能是我们人类。然而，傀儡主人属于智慧生物吗？我不得而知。

2020年7月12日清晨，电话铃声大作："马上到我的办公室来。"这是老头子的声音。

我在一个绝密的国家间谍机关工作。老头子是我的上司。我走进办公室，他迎上来，笑逐颜开："欢迎你，萨姆。非常抱歉，打搅了你的好梦。"

"又叫我'萨姆'了，姓什么呢？"

"卡瓦诺。我是你的叔叔——查尔斯·卡瓦诺。好，来认识一下你的妹妹，玛丽。"

她体态轻盈，大腿丰腴，一头漂亮的红发，风度翩翩，十分迷人。

我情不自禁，想冲上去拥抱她。

老头子说："你要处处照顾她，她的价值比你远为重要。"

"今天去做什么？"

"咱们将去看一架飞碟。"

二

17个小时又23分钟之前，一艘宽150英尺的宇宙飞船在艾奥瓦州的格里诺附近降陆。

老头子派去的六名谍报员失踪。有个谍报员曾经发来无线电报："飞船四门洞开，我正试图爬过警戒线。啊！它们来了，它们就像……"到此，无线电中断了。

我们穿过田畴，进入森林，周围阴森森的，令人不安。我们来到了一片开阔地，"宇宙飞船"映入眼帘。

这是一艘假飞船。而且玛丽说她可以断定飞船上的两名导游已失去常人的情感，他们反常，不是真正的男人，内部器官已经坏死了。

"萨姆，左拐，到两英里以外真飞船降落地去看看。"

因为森林失火，我们返回原路，驶向得梅因村，汽车停在无线电发报站旁。

我们闯进站长室。

站长名叫巴恩斯，小个子，肩膀圆圆的。听到查尔斯叔叔说他们发布的关于宇宙飞船的消息是吹牛，便勃然大怒。

查尔斯叔叔举起雪茄说："你快告诉我，谁提供了大宗资金制造那艘假飞船？"

玛丽坐在巴恩斯写字台旁，对老头子摇了摇头。

巴恩斯居然觉察到这一点，朝玛丽转过身来，霎时间面如死灰，扑了过去。

"萨姆，干掉他！"老头子大吼一声。

我一枪打中了他的腿，他应声倒地。我飞起一脚，踢开了他手中的枪，然后俯下身去……

"别去碰他，玛丽也站远点儿。"

巴恩斯的尸体面孔朝下趴在地板上，背上的衣服却在蠕动，老头子用手杖触了触尸体。说：

"剥掉他的衣服，千万要小心。"

玛丽递过一把刀子，我割破死者的外衣，衬衫下面是一块隆起的东西，2英寸厚。那"玩意儿"是活的，遮满了死者的整个脊背，暗灰色、醒里醒醒，体内有一团状似云翳的东西，它是活的，慢腾腾地爬着，不会飞。

老头子找到了一个盒子，把那"玩意儿"装了进去。我们便到一家汽车铺，换上了飞行汽车。归途一帆风顺。得梅因也没发生任何关于巴恩斯的报道。

回到老头子办公室，请来了首席科学家格雷夫斯医生，对那"玩意儿"进行化验。

这"玩意儿"能附在人体上，原来它是外星来客。衣阿华有好几千人背上都骑着那"玩意儿"，人便失去了自己的意志，成了那"玩意儿"的傀儡。

老头子抬起头来说："走吧，马上动身。"

"到哪里去？"

"白宫，去见总统。"

三

总统很高兴地接见了我们。

老头子汇报了宇宙飞船降落的全部情况。我讲了开枪打死巴恩斯的细节。玛丽证实在得梅因见到的人内部器官已坏死。

可是，总统摇摇头却反驳了我们。

"宇宙飞船已经着陆，人类处于危急之中。"老头子有些语气失态。

"安得鲁，得梅因的人们向我报告，绝无飞船其事。"

"啊，救救美利坚合众国吧！那里一切要人都唯'玩意儿'之命是听，他们封锁了一切消息。总统阁下，您必须派出军队，包围得梅因。"

总统拿起电视电话："请接 N·D·E·S 得梅因无线电发报站站长室。"

一台电视送到总统办公桌上。屏幕上巴恩斯居然活着："您召见我吗？总统先生？"

"谢谢，巴恩斯，您认识我身边这几位先生吗？"

"对不起，不认识他们。"

办公室所有的人都出现在屏幕上，我认出了当时坐在门外的秘书。可是，他们中间没有一个记得我们。

我发现他们有一个共同的特征——肩膀都是圆的！

"别担心，安得鲁，"总统说，"国家不会毁灭，我们完全可以安居乐业。"

10分钟后，我们伫立街头，寒风阵阵。

我找了间屋子，自己过夜。

四

入夜，我一觉醒来，朝窗外望去：城市开始了夜生活。我带上手枪，离开旅馆，前往国会图书馆。

在图书馆，我要看有关飞碟、外星人和天空异光方面的书籍。

"可惜，大多已被借走了，"借书处姑娘说，"剩下的我给您送去。请上9-A阅览室。"

真巧，在9-A阅览室里，碰着了玛丽。原来她早我先到，书是被她借走的。

次日清晨，我俩终于读完了所有的书。

"我深深地感到危险在逼近，"玛丽说。

"外星人每次光顾，我们就有大批人失踪。"

"看来，这次，它们是要向地球移居。"

然后，玛丽邀我到她的公寓去品尝她的烹调技术。

我们走进房间，仔细搜查了全屋，然后她回到我的身边说："转过去，让我摸摸你的脊背！"她把我的脊背从上到下摸了一遍。"现在，你摸摸我的脊背吧！"她又说。

我仔细地摸了一遍。她的衬衣下面一无所有，除了女儿之身和好几支手枪。

公寓里是安全的，我们边吃早餐边听广播，艾奥瓦州的消息，一无所有。

五

3小时后，我们与老头子接通了电话，然后搭去佛罗里达的班机，赶到迈阿密去与他会合。

老头子做了这样的安排：贾维斯带着电视录像机，还有戴维森和我一同飞往艾奥瓦州；老头子带着玛丽去华盛顿。正要出发时，玛丽吻了我一下："萨姆，祝你归来。"

戴维森把汽车开到宇宙飞船降落地附近，我们步行穿过田畴，看见一个两肩圆圆的老农，把他打倒后却没发现"寄生来客"，我们失算了。

我们驱车前往得梅因，停在发报站门口，然后冲进办公室，与里面的打字员、女秘书们展开了激战。可惜贾维斯的摄像机坏了。

我抓着巴恩斯的女秘书，大喊："快撤！"我们冲进电梯，电梯开始下降。戴维森浑身发抖，贾维斯面色惨白。我提起女秘书，瞧她的脊背，"寄生来客"已经匿迹遁逃了。

不一会儿，我们钻进汽车，开足马力，飞了回去。

老头子一言不发，一直等我们汇报完毕。"你们一进得梅因，电视就中断了，"他说，"总统对此很不满意。"

玛丽走到贾维斯的椅子背后，朝老头子摇了摇头。

我拔出手枪，击中贾维斯的脑袋。

老头子抽出手枪指着戴维森问玛丽："他怎么样？"

"正常。"

"他呢？"

"萨姆是无辜的。"

"脱掉你们的衬衣。"

事实证明，玛丽的判断是正确的。"现在扒掉贾维斯的衬衫，要小心。"老头子命令说。

我们扯掉了贾维斯的衬衫，如愿以偿，抓到了一个活的寄生来客。

六

"让我们把它从他的背上扒下来，"我说，"还能救活贾维斯。"

老头子观察着那"玩意儿"："请接总统，玛丽。"

总统要等到下星期五才能接见。

老头子十分沮丧："孩子，把格雷夫斯叫来。"

格雷夫斯来了。老头子平静地说："请把'玩意儿'扒下来。千万要小心。"

格雷夫斯手下人把"玩意儿"和贾维斯一道带走了。我们每个人今晚都在办公室过夜，这是老头子的命令。

不久，喇叭中传来老头子的声音："关上所有门窗，全体到大厅集合，快！"

老头子面对大众，抽出手枪。"有一个寄生来客，隐藏在咱们中间，"他说，"咱们中间有一个人，其实只是傀儡，一个按照最危险敌人的旨意行动的傀儡。现在，需要挨个搜查。"

20分钟后，大厅里挤满了一丝不挂的人们，手枪扔得满地。

现在，只剩下老头子和他的秘书海恩斯小姐，也必须脱掉衣服。她站在原地不动，面部表情冷酷。

正当老头子脱去衬衫，要脱长裤的时候，海恩斯小姐突然朝老头子身后冲去。她冲出门去，奔进一间屋子。

我子弹上膛，推开房门，四下查看。

突然，我的右耳根猛地挨了一拳，眼前一片黑暗。

似乎经过了一场混战，当我神志恢复的时候，周围一个人也没有了。我正要离开，听得有人大叫："萨姆！"我奔了出去，通过暗道，混入熙熙攘攘的人流。

我跳上火车，看见一个腰缠万贯的男子，一到阴暗的角落，我就把他击倒，我拥有了巨款，可以动手干了，我知道自己需要这笔钱，却不知道原因。

七

我像个梦游者，到处转悠，一切似真似幻。但是，我却十分清醒。要做的一切了如指掌，每个行动都必要、及时。我不存在任何感情，沮丧惆怅，犹如囚徒，但必须开始工作。

我穿过闹市区，找到一幢大楼，上贴"出售办公室——请与经理接洽"。我记下地址，然后拟了一份电文："请为约耳弗里门再送两箱'玩意儿'来。"发报人地址是出售办公室门牌号码；收款人地址是艾奥瓦州，得梅因、罗斯科暨迪拉德有限公司。于是我回到出售大楼，躲入暗角以待天明。

次日9点，我面见经理，买下楼上一间办公室。10点箱子寄到，打开一只，捧出一个主人，使它升温预动。我呼唤经理格林伯格上楼，一把扼住他的脖子，撩起衬衫，把"主人"贴到他的背脊上。

大楼老板是社会联系广泛的高层人物，我们到了"宪法俱乐部"，趁机也给他贴了一个。接着又解决了俱乐部经理。午饭前剩下的"主人"就被我们用光了。

箱子不断地送到，下午4点，大楼里已经全是我们的人了。大门不断的进入，进一个贴一个。入夜，负责总统保安工作的中央情报局长也成了我们的人，这真是辉煌的胜利。

我时刻等待着"主人"的命令，"主人"们有时通过身体互相碰触摩擦进行交谈，我们只能静候谈话的结果。

又有三艘宇宙飞船降落在新奥尔良。

我日夜操劳，隐形匿迹的工作，终于整个城市"安全"了，所有的要人都被骑上了"主人"，我也可以走上街头了。

我被遣往新奥尔良，进行一次摩擦"交谈"。

清晨，我正要上一辆空中汽车，发现一个老绅士先我而坐。

我接到"主人"的命令：杀死他！但刹那间又变了，要缓慢！谨慎！

汽车驶入空中，我伸手去摸枪，老人却捏住了我的胳膊。

"动作别太快，孩子！"他笑逐颜开，原来是老头子。

他用手枪抵住我的身体，另只手将锐利的东西刺入我的身体。我感到药物开始起作用，进入了梦乡。

我醒后，老头子坐在床头，说："孩子，外星来客骑在你身上以后，都发生了什么事情？"

我记起了大楼经理的脊背。

我痛哭流涕："它们控制了所有城市，几个城市：得梅因、明尼阿皮利斯、圣·保罗、新奥尔良、堪萨斯城一同遭厄运。"

"你们'主人'还活着，我把它放到了一只猿猴身上，让它活着以便研究。"

我汇报了一切，讲到了"中央情报局长"。

"你把'玩意儿'也贴住他了吗？"

"是的，那位'宝贝'正守卫着总统哩！"

老头子已经冲了出去。

九

两三天来，我一直卧床休息，元气略有恢复。

老头子来看我，说："我们损失了三名特工人员，总统得到了安全。"

现在，每个人都是一副打扮：只穿短裤和鞋子。

我跟着老头子去看我的寄生来客，我的厌恶、恐惧也逐渐地减弱，然而我恨恨不已，若不是为了研究，我一定杀死它。

我可以直视那"玩意儿"，不再害怕发抖了。

"一旦研究结束，我就杀死它。"

"一言为定。"

老头子说："我要问它几个问题，猿猴不会说话，是不行的，需要找个人。"

这主意太可怕了，谁肯干呢？我说："我绝对不干！"

"我们有第一号人选。"

这时，外边进来几个人，其中一个就是玛丽。这使我十分惊讶和愤慨。

她既妩媚又镇定，抬起那对美丽的大眼睛瞧瞧我。看到玛丽走到椅子前坐了下来，我感到浑身上下都像是结了冰。

"玛丽，"我发火了，"我来代替你。"

他们把我绑在椅子上，一点儿动弹不得，靠近猿猴。他们举起寄生来客，只听猿猴惨叫一声，有人喊："看住它!"

一片沉默。有一种湿漉漉的东西上了我的脊背，我沉入了睡乡。

我感到自己神通广大，无所畏惧，而周围的人却愚蠢、渺小，我要设法逃跑。

老头子问了许多话，我毫不客气地顶了牛。

"我一直研究你。第一，能杀死你；第二，可以伤害你，你怕电流、高温；第三，离开活物你无法生存，"老头子说，"我可以轻而易举地杀掉你。"

老头子拿起钢制手杖擦过我的双肩，我痛苦难忍，一刹那，我脱离了主人的控制。

疼痛过去了，主人又控制了我。主人也极度惊恐痛苦，并且感染了我。于是回答了老头子的一些问话：我们掌握了你们的生活规律，我们……给你们带来……带来和平……还有幸福。"

"快说，我们从哪儿里来? 飞船在哪儿起飞?"

"遥远的地方，不是星球，我一刻也没离开过宇宙转运站。"

"你撒谎!"老头子朝我背上敲了一手杖。

我立刻记起了故乡的名字，差点说出来，好像有东西制止我吐露真情。我的背上又挨了一手杖。

我的精神崩溃了，死了过去。

"萨姆! 萨姆!"

我醒来了，听出是玛丽的声音。她站在我面前，眼睛露出无限的忧伤。

"他利用你让我干了一种我决不愿干的事。"我恨恨地说。

十

玛丽又来到我的病床边。

"萨姆!"她喃喃地重复着,"啊,我亲爱的!"

"我不是你的什么'亲爱的'!我也不叫萨姆,我的父母叫我伊莱休。你和老头子合谋迫使我坐上了那把椅子,你明明知道,我是不会让你去吃苦头的!"

"那只是从你的角度得出的结论。我真是有口难辩。"过了好儿一会,见我还不理睬她,她最后说:"你曾说过要和我结婚。"

"现在情况不同了。"我还不肯原谅她。

"我愿为你献出一切,你理解我吗?"

我背转脸去。

黄昏,老头子来探望我。

老头子说我错怪了姑娘,说我要别人强迫才肯让寄生来客骑上脊背,而姑娘却很坚强,当时的回答是"来吧"。

"你答应过我,让我亲手杀死那个寄生来客。"

"它已经死了。"

我哈哈大笑:"竹篮打水一场空,你费了那么大的劲,却没从它的嘴里掏出一点有用的东西。"

"不,寄生来客临死前,把许多事告诉了你,最后还是让我发现了,"老头子说,"它们来自土卫六——泰坦星,我们可以杀到它们的老家去。"

他讲到这时,我知道他是对的。

老头子走到门口。我叫住了他:"爸爸……"

"怎么,儿子?"他诧异而又坦然。

"为什么您和妈妈给我取名'伊莱休'呢?"

"你祖父就是这个名字。"

"我妈妈是怎样一个人?"

"她非常像玛丽,非常像她。"他转身走出屋子。

一会儿,我感到舒畅多了。

十一

我出去找玛丽,进了老头子办公室。

"正好,我正想派人去请你,应该工作了,咱们一块儿走。"

"上哪?"

"华盛顿。"

"安全吗?"

"你自己张大眼睛看吧!"

我们上了飞机,飞上天空,惊魂未定。我看到了几个警察是圆肩膀的。

"总统知道事实的真相了吗?"

"知道了,但在采取行动之前,还要说服国会。我们把寄生来客在猿猴和你身上的录像放给他们看,他们却说拍一部虚假电影是轻而易举的,他们不信。"

"那怎么办?"

"总统将向全国呼吁,要求授予全权!"

总统接见了我们,要求跟他一道参加国会会议。总统身后有几个卫士,而玛丽坐在总统席的旁边,俨然像个秘书,递给总统讲稿。

总统列举事实,证明现在危难临头,最后指明国家安全至高无上,必须搜查这块土地上的每个人,请求授予总统这些权利。

一片哗然。

参议员戈特利布开始发言，他是总统的老朋友，想来是支持总统的。可是越讲越走板，竟然反对起总统的呼吁来。

老头子写了张纸条，递给玛丽，玛丽读了又传给总统，总统看完纸条："参议员阁下，请到台上来讲。"

戈特利布走到了讲台前面。老头子大喊："抓住他！"

我冲上前去，抓住参议员的脊背，撕开他的外衣，一个"鼻涕虫"（寄生来客）在衬衫下蠕动，扯掉衬衫，真相大白。国会乱作一团，大哭大叫。

总统开始讲话："命运眷顾、得观敌人原形，请大家看土卫六泰坦星的来客吧。"

玛丽发现还有人背着寄生来客，于是开始搜查每一个人，我们抓住了13个"玩意儿"。

总统获得了授权。"反外星来客之役"的第一步是"裸背方案"。每个人都露出脊背，不穿上衣，这将成为法律，总统本人还带头穿上短裤，出现在公众面前。

直至所有泰坦来客被查出杀死为止。

十二

关上房门！

万勿误入黑暗的去处！

注意周围的人群！

穿衣服的就是敌人——开枪杀死他！

"裸背"的命令通过报纸、电台和电视传遍全国，飞机纷纷出动搜寻地面飞船。陆军、空军严阵以待，随时准备消灭来犯之敌。

绿区的人们没有发现"玩意儿"而困惑不解。

红区，泰坦来客控制了电台、电视和报纸，人们根本听不到政府的警报。

总统观看衣阿华州长的电视片就看出了问题。州长虽然脱光了衬衫，但让他转过身去的时候，却换了另一台摄像机，尽管是一个裸露的脊背。

总统身旁的军官马丁内斯举起电话："接衣阿华州的年轻军官福特·佩顿先生。"

屏幕上出现了只穿裤子的佩顿上尉。

"转过身去!"马丁内斯命令。

人影几乎在屏幕上消失，只看到脊背的下部。电视里虽是佩顿的声音，却出现了另一个军官。

"怎么回事?"

"临时小故障，等我们查一查，"华盛顿电台官员说。

十三

马丁内斯通宵达旦，查出了许多出"小故障"的地方。

指挥室里。总统、老头子、马丁内斯和其他官员，望着墙上色彩斑驳的地图。

全国态势在地图上标了出来：红区敌方，有艾奥瓦、新奥尔良、泰古、堪萨斯城、密西西比河上游、苏里河流域、东海岸两城和埃尔帕奈周围；绿区我方；黄区是中间地带。

"所有的'玩意儿'都是艾奥瓦州的宇宙飞船带来的吗?"

"至少有三艘已经降落，"我说着尽力回忆以前，"新奥尔良有飞船着陆，'玩意儿'曾运堪萨斯城，不知有无飞船。"

十四

"裸背方案"虽好，但为时已晚，没有取胜的可能。我们阻止了泰坦来客的蚕食，肃清了东海岸的"玩意儿"，但国家腹地一片鲜红，闪着红光。我们换用一张电子军用地图，眼看着大量黄灯变成红灯，很少红灯变成黄灯。

我回来的时候，玛丽也来了。

我们相约消灭了仇敌再结婚。

老头子告诉我们："'进攻方案'将于午夜开始，向红区的电台、电视和报社发动攻击。"

方案付诸实施还有24小时，我驾驶空中汽车到敌占区去侦察。

十五

据我的侦察和判断，堪萨斯城百分之九十以上的人背上都有"鼻涕虫"。

我发现了：1.每个入城者都落入了泰坦来客的魔掌，它们控制了每个出入要道；2.夏日炎炎，穿太阳服的极少；3.游泳俱乐部大门紧闭。

这说明"鼻涕虫"数之多，大大出人预料之外。

我意识到"进攻方案"将失败，寄生来客数量太大。我正在考虑怎样说服总统时，警察朝我走来，我伸手去掏枪。

"请出示驾驶执照！"

"执照在那儿，"我指着车内。他俯身察看，我猛击他的肩膀，全力抓他的"鼻涕虫"，他猛地弹了回去。我趁机钻进汽车开走了。

我按下起飞电钮，飞到哥伦比亚上空，有人向我开炮。我飞过了密西西比河，炮击消失了，我放慢了车速。

空军联队指挥官命我降落了。

老头子听着我的汇报，一言不发；然后，叫我上午去见他。

十六

"进攻方案"彻底失败。损失惨重：1.1万架飞机，16万以上的战士，还有71个指挥官，全军覆没。

老头子叫我上动物园去："去问霍勒斯医生吧，他能解释你的堪萨斯城的报告。"

霍勒斯医生，小个子，十分和蔼。他告诉我，晚上他让七个泰坦来客骑到猿猴身上；早晨，每只猴子身上都有了"鼻涕虫"。

"这说明它们能够繁殖，繁殖的方式是相互摩擦接触。"

"原来是这样。"

"它们繁殖的速度惊人，每隔24小时就繁殖一代。假如第一天有1000个，两星期后就是1600万个以上；如果是1万个，两星期后就是25000亿个以上。"

霍勒斯让我看一个实验。他把一只没有骑上"主人"的猿猴萨坦放进屋去，老猿猴露西背上的"鼻涕虫"的中央荡下一条线，一眨眼出现了两个。新"鼻涕虫"在露西身上不动。另一个则滚向萨坦，并长出弯曲奇怪的手臂向萨坦的脚迅速一击，就爬上了他的身体。

霍勒斯医生目睹此景，十分高兴。

十七

我向老头子报告了此行的经过。

老头子说："一只骑着'玩意儿'的猴子逃走了，尸体在大象宫发现了，但又有一只大象逃走。当人们在马里兰州找到了大象，又有一辆汽车被盗窃，'鼻涕虫'可能已远走高飞了。"

绿区中，泰坦来客无法在人体上藏身，也可能藏在人的裤子里。

"所以搜查时，必须脱光衣服。"

十八

玛丽和我都放了假。

我们结婚了。飞往阿迪龙达克山间——我的家。

一只名叫"队长"的大雄猫和我们待在一起，形影不离。

十九

暮色渐深。玛丽穿件晚礼服，走了出去。我听到她"坏猫子，坏猫子！"地乱叫。猫儿却不在她身边。我突然看到她那充满恐惧的目光，禁不住大叫一声："玛丽！"就朝她冲去。

我抓住了她，她用脚向我踢来。

我决不能伤着玛丽，我必须杀死"鼻涕虫"。我们俩厮打在一起。

我要用高温使"鼻涕虫"从玛丽背上跌下来。

我拼命把她弄到火炉边，把她的肩头按到火上。她的肩膀烤在火上，美丽的头发在燃烧，礼服在燃烧。我扑灭了她头发和衣服上的火，"鼻涕虫"不见了。

原来它已舒舒服服地骑到了"队长"猫的身上。

我抓住了"队长"的两条后腿，硬把"鼻涕虫"烤在火上，它掉下来，在烈火中化为灰烬。

可是，"队长"也死去了。

玛丽的头发烧光了，头颈和肩胛烧伤了。我拉过一把椅子，坐在床边，看护着她。

二十

这是一次危险的经历。玛丽记起曾与"鼻涕虫"搏斗过，那是无法取胜的搏斗。

也许正是由于这搏斗，才救了自己的命。

这样的往事，真是不堪回首。

我俩同时感到：该回去工作了。

在飞回的途中，我俩恍然大悟，原来这只"鼻涕虫"对我们的袭击是深谋远虑的精细安排。它先骑在老约翰身上，再骑到猫身上，然后抓住玛丽，以便于再一次地抓住我。因为我和老头子最熟，"鼻涕虫"深知老头子是它们第一号不共戴天的仇敌，所以最终的目标是袭击老头子。

霍勒斯曾说过泰坦来客是一个整体。一只"玩意儿"知道的事，全体都知道，方法是互相摩擦。

很明显，我们已经上了黑名单。真可怕。

突然，汽车里响起了老头子的声音："请你们亲口汇报。"

我们降落了，所看见的一切面目皆非，也无非是到处赤身裸体。

经过彻底的搜查、过关，才见到了老头子。

"你们来晚了，你们应收听新闻广播。"

二十一

坏消息："鼻涕虫"可以隐藏于人体的任何部位。

"裸体方案"代替了"裸背方案"。

狗带着寄生来客从红区袭来，趁人们熟睡时，骑到他们的背上去。斯克兰顿整个城镇陷落魔掌，人差不多死光了。

我们到处受挫，无法抵抗。美利坚合众国笼罩着恐惧的阴云。

我们需要一种既能杀死"玩意儿"又不致伤害被骑的人。我们尚无此良策。

二十二

又一飞碟在密西西比河克里斯琴河道西岸降落。我们的舰长发出报告。

老头子、玛丽和我开足马力，飞向南方。

我们安全抵达马丁内斯将军身边。飞船就在50码开外，又圆又大，压扁了一栋房子，这可不是冒牌货。军队正在激战。战场正从飞碟落处移开。

一个军官朝老头子奔来："司令有命令，一切听您的调用！一切！"

"谢谢！"老头子说，"我只想看看泰坦来客的飞船。"

我们并肩走近飞船。老头子先钻了进去。过了好一会儿，老头子回来了："里面是安全的。"于是我们都进入飞船的内部。

里边弥漫着瓦斯的怪味和"鼻涕虫"的尸臭。我们看到第一个"泰坦人"。他仰卧地上，像个入睡的小孩，头枕"鼻涕虫"，身体小，头很大，与人类有天壤之别。"鼻涕虫"们附在他们身上。

老头子说："他们全死了。他们不能呼吸咱们的空气。飞船大门一被军队打开，地球的空气就渗入了飞船，他们就死了。"

后来，我们进入了飞船里的大小房间，看到千万个"鼻涕虫"在像"水"一样的东西里游泳。

这时玛丽出现一种昏昏欲睡的状态。老头子知道这是一种特殊环境下的心理现象，便开始引导她回忆了。

"我们找到你的时候，你才七八岁，那时……"

"对的……对的……那时……妈妈……背上有东西。我害怕，我害怕！"

"一艘飞船！硕大闪光的飞船。"她说。

老头子不停地问，玛丽睡意蒙眬地回答。

这时，一个军官进来说："司令命你们出去，敌人进攻了，我们败下阵来，可能炸毁飞船。"

我们出来了。1小时后，回到莫比尔，又换了一辆空中汽车，飞到大山深处的一个机场。

一个大个子，笑盈盈地朝我走来："我叫凯利，科学家。"

我也介绍了自己的名字。

"我们对寄生来客已经所知甚多，"凯利讲，"我们需要一种病毒，既能杀死'鼻涕虫'，又不危及人类的生命。可是，所有危险的病毒都会使'鼻涕虫'和人同归于尽。"

我刚想回答，看见了老头子，就朝他走去。

他说："有件事必须告诉你。"

二十三

老头子告诉我："玛丽，是2010年在金星上凯泽维尔镇被发现的。她的父母是惠特曼族成员，于1994年离开地球，在金星上建立了一个'新天国'城。2000年之前，'泰坦人'发现了'新天国'。玛丽目睹父母变成了傀儡，被塞进泰坦来客的飞船。不久，玛丽也被塞了进去，在类似我们方才在飞碟内见过的那种屋子里混混沌沌度过了十年岁月，后来被赶了出来，骑上了'鼻涕虫'。然而，泰坦来客进攻金星最终失败了，玛丽的

'鼻涕虫'死了，她却活了下来。"

"鼻涕虫"为什么会死？进攻金星为什么失败？为了寻找这些答案，所以老头子便尽力追索着玛丽的回忆。

"我们已找到杀死'鼻涕虫'的药了。它叫'九日病'"，老头子最后说。

二十四

黑兹尔赫斯特医生是当代对金星人的疾病知识掌握最丰富渊博的人。

"九日病"可在四天的时间里让人背上的"鼻涕虫"死去，还有五天的时间来救活被骑的人。黑兹尔赫斯特医生知道一种能治愈"九日病"的药。

"治愈药名叫ENIN40，"医生说，"我们可以通过'鼻涕虫'的相互'交谈'来传染病毒，让全世界的'鼻涕虫'都得病，无一能免。"

于是，剿灭"鼻涕虫"的战役打响了。

二十五

12日，星期三，人们让骑着"鼻涕虫"的猿猴萨坦得了"九日病"；星期五又把另一只骑着"鼻涕虫"的猿猴与它放在一起，"鼻涕虫"立即"交谈"。第二只猿猴旋即又被带走。

16日，星期天。萨坦的"主人"掉下来死了。人们给萨坦吃了ENIN40。星期一晚间，另一只"鼻涕虫"也死了，那只猴也吃了ENIN40。

到了星期三，萨坦病愈，另一只猿猴也康复了。

于是，"疾病方案"和"医治方案"就绪。遣送两百只患"九日病"的猿猴进入红区；大量ENIN40备好，百万治疗大军整装待命。

红区越来越大，"鼻涕虫"大举挺进，情况严峻。

不过，我毫不担忧，一个星期之后……

二十六

老头子、玛丽、马丁内斯、黑兹尔赫斯特、总统和我，都在白宫翘首等待。

突然，一盏绿灯亮了，是小石城；内布拉斯加亮了；俄克拉荷马也亮了……

黄昏，绿区已大于红区。海岸时间17点45分，"医治方案"开始执行。

我和老头子一同前往，要亲眼看见"鼻涕虫"的死亡，不断地死亡。

二十七

我手拿ENIN40，沿杰斐逊老城大街，挨家挨户给每个人送药，吃药。

当我刚给一个八九岁小姑娘吃完药时听到了老头子的声音："我在北面的小公园里，遇到了麻烦。"

我飞奔而去，闯入公园，老头子踪影全无。我忽然看见一辆空中汽车，里面有人，正是老头子。

我俯身刚钻进车门，他就一拳把我打昏。

我醒来才知道手脚被捆。老头子开汽车凌空飞驰。我看见"鼻涕虫"骑在他肩上。

"非常幸运，"他说，"我被唯一活着的'主人'抓住了。要飞往尤卡坦，再聚大队人马，我们将卷土重来……"

汽车不停地飞，飞……

我看见老头子背上的"鼻涕虫"中央有一条细线伸下来了。糟了，我的新"主人"在诞生，我心里充满恐惧。

我双手反剪，双脚被捆，但是腿可以动弹。我抬起腿来，用尽力气猛踩汽车自动排挡。

汽车一窜，在空中颠簸起来。"鼻涕虫"被颠离了老头子的肩背，肢体四溅。

汽车开始下跌，下跌……落入大海之中，进入墨西哥湾。

爸爸——老头子受了重伤。

"感谢你，孩子，谢谢……"

"你妈妈是爱你的！我受伤了，孩子！"接着又闭上了眼睛。

二十八

为了每一个自由的男性和女性——我写了以上的报道。

现在，我们准备去扫荡肃清泰坦来客。

我们要教训"鼻涕虫"们：它们错了，不该与人类为敌。

人类常为生存而战。我们以为茫茫宇宙，空无一物，唯人是主。我们错了，宇宙间还有其他生命，也许还有比"鼻涕虫"更危险的敌人。因此，人类必须时刻准备为自己的自由而战。

我告诉玛丽，我们将远征。她说："去吧，亲爱的！"

宇宙飞船升火待发，我们向爸爸告别。他说："你们定会胜利而归的，我等候你们凯旋，孩子！"

我们进入飞船。傀儡主人——自由的人类将消灭你们！

（宋丽军　宋颖军　缩写）

天外来客E.T.

〔美国〕威廉·考茨温克尔

一　飞船走了

太空船轻轻飞来，向地面投下一条淡紫色的光柱。圆滚滚的飞船周围弥漫着一层如同宝玉一样的粉尘，发出柔和的光。它按计划在地球着陆，控制飞船的技术高超非凡，导航准备无误。

可是，一个错误就要发生了……

舱门迅速打开，从里面走出一个个侏儒似的太空人。他们那畸形的脑袋，下垂的胳膊和又矮又胖的身材，不由得使人想起古怪的精灵。

这些太空人立即四处采集各种植物标本，然后爬上舷梯，走进飞船，把标本放进飞船中心的一个巨大温室里。那里是沐浴着柔和光线的一座地球植物馆，含有各种养料的潮湿气体滋养着从地球各地采集来的植物，有印度湖泊中的荷花，非洲生长的蕨类，西藏高原的小浆果，还有美洲的黑莓灌木；甚至地球上早已绝迹的珍贵植物，这里也应有尽有。

他们是一群来自太空的植物学家，尽管飞船的地球植物馆有地球上各种各样的奇花异卉，但是采集工作尚未最后完成。

夜色中，一位外星植物学家的身体放出淡淡的雾气，他把自己笼罩起来，想去采集更多的标本。一位同事走过他身边，这时，他们的胸部同时发起光来，从心脏部位发出的红光透过薄而透明的皮肤。他们交错而过，心光也随着熄灭了。

夜莺婉啼，小虫在暗处唧唧鸣叫。这位植物学家继续向前走着，那生来就鼓囊囊的大肚子几乎擦着地面了。他和他的同事们一样，两只眼睛像灯泡一样圆鼓鼓的，长着蹼的大脚简直就是直接从那低垂的大肚子里长出来的，肚子两侧还耷拉着像猿臂一样的胳膊。整个身体就像一个特号的大鸭梨。正是由于这副丑相，他和他的同事们才隐匿了几百万年，除了地球上的植物，他们从不想和任何生命进行联系。

这位外星人小心翼翼、蹑手蹑脚地在森林中搜寻着。他转过身，看见了一个淡淡的光亮。这光亮可真诱人，就在森林那边山谷里的小镇上。他早就对这光亮感到好奇了，而这一次考察就要结束，今天晚上是最后一夜，飞船就要离开地球，一直到地球植物再发生重大突变时才能再来。

他向山谷走去。

山谷里房子的灯光闪烁着。有那么一会儿，他的心光变得鲜红，好像在回应。他爱地球，尤其是地球上的植物。他也爱人类，而且每当他的心光闪亮时，他总是想教育他们，指导他们，把数万年积累起来的知识教给他们。

月光下，他自己的影子在慢慢移动着，他把身体用薄雾裹住，隐藏在月光当中，然后沿着一条森林防火路走下去。

忽然，他脑子里收到了飞船发来的警报，但他知道事情并非那么紧急，这只是为了使那些行动更加笨拙的同伴们抓紧时间。

心光又闪闪发亮，这是在呼唤全体船员们返回。不过，对行动敏捷的人来说，时间还多着呢！他奋力向小镇走去，虽然年纪大了，可走得很稳当，比大多数有1000万岁的蹼脚的植物学家走得都快。他决心要看一眼地球人。

这时，有灯光扫过路面；他的心脏报警器也急剧地震响了："全体返回！危险，危险，危险！"

那灯光在他和飞船之间飞快地移动着，截断了他的退路。

很快，路上人声鼎沸，车辆轰鸣，不时传来人们疯狂的叫嚷声。地球人搜索太空船的行动正在进行。

外星人植物学家这下慌了。他一面用双手遮挡着闪烁的心光，以免暴露目标，一面在灌木丛中奋力前行，朝飞船的方向奔去。他的四周响起了阵阵急促的脚步声，他听见地球人用陌生的语言喊叫着，刺眼的白光在灌木丛中扫过。他启动他的保护装置，散发出一团迷雾，然后悄悄溜过路面，钻进杂草丛生的山谷。等到人声渐渐远去，他便一跃而起，沿来路返向飞船。

他的心光更加明亮，这是飞船上的全体伙伴的心在向他呼唤。他终于离飞船不太远了，有一位船员站在舱门边，在招呼他。

可是，他那长长的脚趾被一些杂草缠住，使他动弹不得。当他好不容易挣脱羁绊，冲进飞船光区的外围光晕时，突然，一项集体决议传进他的脑子里，他全身都为之震颤了。

舱门关上了，支架也收了回去。

当他挥动着长手从草地跑过去时，飞船已经起飞，巨大的推进器发动起来，耀眼的光芒使大地一片模糊。它盘旋片刻，在树梢上方打着转离去了。这可爱的太空船飞进了深深的夜空。

这个外星人植物学家站在草丛中，心光恐惧地闪动着。

他只身一人，离家有300万光年。

二 玛丽太太家的不速之客

外星人植物学家沿着低下去的道路，向山下小镇的灯光走去。他诅咒这些灯光，就是这些灯光吸引了他，造成了不幸，现在还是这些灯光在引诱着他。

道路到了尽头，地球上奇形怪状的房屋就在眼前了。他走近一所房子，爬过一道篱笆墙，进入了一个菜园子。

这是玛丽太太的家，此刻，她正在灯下百无聊赖地翻一张报纸，她心里有太多的苦恼无处倾诉。几年前，她和丈夫离了婚，靠她微薄的工资维持一大家子的生活。三个整天打闹的孩子，把家里弄得乱糟糟的。这不，都深更半夜的了，他们还不安闲，正跟邻居的小伙伴热火朝天地玩一种魔怪棋。让玛丽太太心烦的还有一只叫哈威的狗，它总是狂吠不已。这不，它又叫了起来。玛丽太太把窗户推开："哈威，看在上帝分上，别叫了。"她一边喊着，一边走进最小的儿子艾略特的房间，那乱七八糟的东西正等着她收拾呢。这时，从外面传来艾略特惊慌失措的喊叫：

"救命！妈妈！救命！外面有个东西。"

玛丽只觉得腿肚子发软，好不容易才没有倒下去。

"在工具棚里，"艾略特哆哆嗦嗦地说，"它朝我扔了一个橘子。"

正在玩魔怪棋的孩子们拿着手电筒、切肉刀，推推搡搡地涌向门外，玛丽紧追出去，一把抓住艾略特："你到底看见了什么？"

原来，艾略特刚才溜进院子，从橘子树上采了几个不太熟的果子，他咬了一口很难吃，顺手扔了一个到工具棚里，没想到这只橘子又被扔了回来，狠狠地砸在他的脑袋上。

可是，找遍了工具棚也不见有什么可疑的东西。

这时，草地那边传来老大迈克尔的喊声："大门被打开了……"

几个孩子闻声赶去，也大声嚷道："瞧，这么多的脚印！"

玛丽太太四处看了看，什么也没发现。在她看来，一定是艾略特玩魔怪棋中了魔，而无中生有。于是把孩子们生拉硬扯赶回房间，让他们睡觉去了。

艾略特做着神奇的梦，忽然哈威惊恐的叫声把他惊醒，他从床上坐了起来，和哈威一道走出房门，一溜烟跑进了后院。

他打开手电，照射着工具棚，没有发现什么东西。当他转过身来，用手拨开高高的玉米，朝里一瞧，顿时他吓得尖叫一声，随即趴在地上了。

趴在玉米地里的外星人植物学家浑身哆哆嗦嗦直打颤，一见艾略特，立即拔腿就跑。

"别跑！"

男孩的声音有点轻柔的成分，就像幼小植物的声音。于是这位老植物学家回头朝他望了望。

他们的目光相遇了。

哈威的利牙在月光下闪闪发光，准备向外星人进攻，但艾略特抓住了它的颈圈，又向外星人喊道："别跑！"

但这个年迈的老植物学家已经走了，走出大门，消失在夜色中。他一口气跑到山上的树林里。他又饥又累，浑身无力，他深感自己的末日就要到了。

忽然，外星人发现那个小男孩也来到山上。艾略特是骑着自行车，沿着弯弯曲曲的小路来到林中空地的，这儿曾经是飞船停泊的地方，从地下被压伏的青草还能分辨出飞船的形状。

外星人没敢露面。

艾略特把许多巧克力糖豆隔不远放一个，一直放到他家门口。

外星人无力地从灌木丛中爬出来。好奇心是他的一大弊病，可他已经这么大年纪了，改不了啦！他看见这种糖豆和太空营养食品片很相似，就把它放进嘴里。糖豆一会儿便融化了，而且味道好极了。

老植物学家早已饥肠辘辘，于是他急急忙忙沿着男孩的足迹往前走，一路上拣起巧克力糖豆吃。力量恢复了，他心中充满了希望。小路又把他带回艾略特的家。

他踮着脚尖走进后院，发现男孩竟睡在蔬菜地旁边的一个睡袋里。

艾略特被惊醒了，他用惊恐的目光凝视着眼前的怪物。

外星人也凝视着男孩，并向男孩伸出长长的手臂。他张开手掌，在他多鳞的掌心有一颗正在融化的糖豆。他指了指手掌，然后又指了指嘴巴。

艾略特似乎懂了这个意思，他照老样子走几步放一个糖豆，一直横穿过院子。

外星人紧跟在他后面，从地上拣起一个个糖豆，贪婪地塞进嘴巴。不知不觉中，他来到了地球人的房子里。他的眼睛惊恐地转动着，四下尽是那些奇异的东西，每个角落，每个物体，每个影子，都强烈地震惊着他的生理系统。但为了能吃到神奇的食物，他得忍着点儿。他随着男孩设下的路线，走进了男孩的房间。

男孩的喉咙发出了声音："我叫艾略特。"

这句话在外星人听起来只是一串乱七八糟的声音，根本无法理解。但给你食物吃的人总是可以信任的。外星人筋疲力尽地倒在地板上。一条毯子盖在他身上，他睡了。

艾略特却不敢睡，怪物就躺在他身边，他有太多的疑团解不开。思考着，思考着，他觉得眼皮很重，渐渐地进入了梦乡。

三　E.T.会说话了

第二天早晨，外星人醒来，忘了自己是在哪个星球上。

"快起来，你得藏起来。"

这位外星人被推到屋子另一边的大壁橱里，壁橱的百叶门也给关上了。

几分钟后，全家人都醒了，艾略特向妈妈撒谎说病了，这样便可以不上学了。

妈妈的汽车开走了，艾略特才算松了口气，他冲着卧室的壁橱说："喂，走出来吧。"

外星人忐忑不安地走出壁橱。

"我怎样称呼你呢？"艾略特一边给这个怪物让路，一边说，"你是一个外星人，对吧？"

外星人眨了眨眼睛，他听不懂地球人奇怪的语言。

艾略特用指头打响，他发现外星人也用指头模仿他的动作。他又打开收音机，但外星人受不了这摇摆舞音乐激烈的旋律，难受似的捂起耳朵，屈身缩成一团。艾略特赶紧关掉收音机。他从口袋里摸出一个硬币："这是我们用的钱。"外星人以为这是一个巧克力糖豆，用牙齿咬了一下。

"这个可不能吃。"艾略特夺过硬币，"饿了吧？咱们找点东西吃。"

用完早餐，艾略特又把老怪物带进了洗澡间，外星人进了浴盆，突然一阵铃声，把他吓了一跳，把水弄了一地。

"不要紧张，这是电话铃响……"

艾略特出去接电话，外星人像一条鱼一样潜入水下，水流使他安静下来，他感到特别舒服。艾略特回来吓了一跳，一把拖起外星人："嗨，这样会把你淹死的，你这个傻瓜……"

艾略特递给外星人一条毛巾，外星人用感激的目光望着这个10岁的地球人男孩。艾略特说："看，我们各人都用自己的毛巾，这是我的，这是迈克尔的，那是格蒂的，那是妈妈的……你保存着这块毛巾，这就是你的了，我们要写上'E.T.'的标记，'E.T.'是外星人的简称。"

尽管外星人听不懂，但艾略特还是不停地唠叨着。

他们回到艾略特的房间，外星人猛然看见桌子上有一台留声机，他对这个发现感到兴奋。

他躺在壁橱里盘算，他一定要给飞船发信号，让他的伙伴们知道他还活着，设法来营救他。

"现在最要紧的是制造一台通信装置。"他想。

艾略特把外星人藏在壁橱里的秘密，很快被哥哥迈克尔和妹妹格蒂知道了，唯有玛丽太太一个人还蒙在鼓里。

当兄弟俩上学的这天，5岁的格蒂却没有上托儿所，她找的理由和艾略特的花招一模一样。

她拉出小车，把玩具放在上面，进了艾略特的房间。她一点也不怕这个怪物，而且握住外星人的手说："不要害怕，我所有的布娃娃都在小车上。喏，这是我的牛仔衫，这是我的说话——拼读机，你玩过吗?"

外星人可不需要布娃娃或者别的玩具，但是他把那个长方形的小盒子，说话——拼读机放在手指头上，他的心突然剧烈跳动，心光立即振颤不止。

"这机器会教你怎样拼读。"小女孩边说边操作。

她按了小盒子上面标着英文字母"A"的键，拼读机立刻传出一个清晰的男人的声音："A——"

外星人按M，他听见："M——"

"现在看这个，"格蒂按下标着"开始"的键钮。

盒子说："拼'机械师'。"

格蒂一下下地拼着，可她还没完全掌握正确的拼写方法。盒子说："错了，重拼。"格蒂重新拼，盒子又说，"不对。应该是ME—CH—AN—IC。"

E.T.注视着拼讲机，眼睛闪闪发光。对，它能教会他地球人的语言。更重要的是，这是一架电子计算机。

当格蒂蹦蹦跳跳地走出去的时候，外星人把拼读机翻过来，打开机器后盖。

他爱抚地摸着计算机电路，奇迹中的奇迹……

这将是他的发报机的心脏。

他继续操练着这种会说话的计算机，练习着地球语言的发音。

确实，这个有益的机器是良师益友。除此之外，在他学会英语以后，这架机器还能被改造成说另一种语言——他自己的语言，向太空播放。

等到格蒂回来时，外星人已经能拼读几个英语词了。

不知过了多久，外星人忙于记忆地球语言忘记了时间，艾略特推门而入，发现外星人和格蒂钻在壁橱里。

"艾略特！"外星人向他招手。

艾略特张大了嘴巴，厚厚的镜片后面，小眼睛瞪得溜圆。

"我教他怎样说话了。"妹妹神气活现地说。

"你再说一遍！"艾略特对外星人说。

"艾略特……"

"E.T.，你会说E.T.？"

"E.T.。"外星人说。

这时，玛丽太太在楼下喊艾略特，有他的电话。

艾略特从楼厅里拿回延长线话筒。话筒里是他的同学兰斯的声音。兰斯是一个红头发的小矮子，一个让人讨厌的低能儿。艾略特觉得兰斯的声音里潜伏着危险，兰斯从不给他打电话，也从不谈奇怪的太空事情，今天却打来电话，谈起太空怪事。

外星人也感觉到，兰斯在监听电话。到现在他的心还在颤动，兰斯是一个过分好奇的孩子，那种会带来灾祸的孩子。

因此，不能再耽搁了。外星人指指电话，又指指窗外。然后解释说："给家打电话。"

"你要——给家打电话？"

外星人点点头："E.T.要给家打电话。"

四　向太空发出信号

外星人着魔似的要制造一台发报机。迈克尔、艾略特和格蒂，都诚心诚意地帮助他，凡是外星人需要的零件，他们想方设法帮他弄到。

玛丽太太可倒了霉，许多发夹不见了，雨伞也失踪了，电视机的圆轴电缆和超高频调谐器也没有了，甚至她的汽车报警系统也被破坏了，以至于玛丽太太为此被警察逮住罚了款。

经过艰辛繁杂的制作组装，一台精巧的通信设备大功告成了。

也就是在这时，外星人和孩子们谁也不会想到，一辆神秘的大篷车出现在这个小镇的大街上，明亮的控制台前，一个腰上挂着一大串钥匙的操作员，正在仔细地检查着夜幕笼罩下的各家各户发出的每一种声音和人们的谈话。

忽然，大篷车停住了，那个操作员像猎犬嗅出了猎物的踪迹一样，窃听到了迈克尔和艾略特的一番不完整的对话，虽然没有听出太明显的破绽，但也引起怀疑，操作员拿出这个街区的地图，在玛丽太太居住的地方重复地画了一个大红圈。

万圣节到了。万圣节里，每个人都可以打扮得古里古怪的。艾略特煞费苦心地把外星人伪装起来，然后把自己也打扮成外星人的模样，迈克尔打扮成恐怖分子，带上自制的发报机，用自行车带着外星人，一路骑行，加入到了万圣节狂欢的队伍之中。

大家玩得十分高兴，外星人也被这种气氛感染，不由得手舞足蹈，格蒂看着他的怪样子，咯咯地笑个不停。周围的人也注意到外星人的奇怪打扮，他那长长的树枝般的手指，一双难以想象的大眼睛，还有那硕大的肚子，使人惊讶不已。他像江湖艺人似的伸出一个小筐，哄笑的人们纷纷往筐里投放糖果。外星人从未感到这样的幸福和欢乐，他觉得在地球上生活将会有何等的乐趣啊！地球可真是个神奇的地方。

可是，给艾略特打过电话的那个兰斯，出现在外星人面前。他用疑惑的目光盯着外星人，问艾略特："他是谁？"

"这是……这是我的表兄。"艾略特结结巴巴地说。

兰斯根本不相信艾略特的解释。"这人太古怪了。"他边说边步步逼近外星人。

外星人和艾略特向后倒退，接着跳上了自行车，但是兰斯似乎早有准备，也跳上了自己的自行车。

两辆自行车像比赛一样飞快地穿过大街小巷，艾略特想拼命甩掉讨人嫌的兰斯，但兰斯像一个职业赛车运动员，飞快地跟住不放。艾略特抄小路朝山上奔去，沿着森林防火路疾驰。他发现后面没有人追赶了，可算松了一口气。

艾略特驮着外星人仍旧一路惊险地飞驰，在飞船着陆的地方，他们停住了。艾略特迅速搬出通信机器。当他们确信周围没有人埋伏时，立即动手安装发报机。外星人把几百根金属线装进树身，金属线深深地扎入树干，然后从树枝和树根里汲取生物体的电能，它们通过导线将电能输往拼读机。那倒放着的贴着一条条锡箔的雨伞，像真正的雷达天线一样在月光下闪闪发光，它不仅反射月光，而且把防警装置的微波信号，从抛物面向太空发出一束电波。

艾略特站在那里听着太空语言的电信号源源不断地传出，盼望着奇迹的出现。外星人也默默地凝视着茫茫夜空，浮想联翩。然而，旁边的灌木丛里却躲藏着一个孩子——兰斯。他正目不转睛地注视着眼前的一切。

五　E.T.面临危险

他手下的人统统管他叫"钥匙"。他有名有姓，可那串钥匙才是他的真正标记：它们专门用来开一座外表平庸的仓库，仓库里有很多奇特的小房间，每个房间他都有一把钥匙。

此刻，他正站在一个小房间里，审视着一幅行动计划地图。地图上画着一个个同心圆，圆圈一个比一个小，最后变成了一个圆点——艾略特的家。

"钥匙"的助手，就是那个大篷车上的操作员，把一本厚厚的花名册递给"钥匙"，"钥匙"吩咐，把花名册上所有的人都集中起来，他们是各个领域的专家，"钥匙"准备一旦抓住那个掉队的外星人，这些专家就派上了用场，他们将对外星人的特征进行全面研究。

这时，电话铃声响了，"钥匙"抓起话筒，脸色变得温顺而严肃，电话是他的上司打来的。他倾听着，不住地点头："请您放心，我们一定采取各种措施，保证维持那个外星人的生命……是，万无一失……这个地区在我们的监视之下，任何人、任何东西都不可能逃脱……是的，对，对。"

放下电话，他开始发号施令。对外星人发起的行动在紧张而有秩序地进行着，他要把外星人生擒活捉过来。

然而，"钥匙"并不知道，猎物正在他手中窒息，因为他不知道那套精密医疗器械发出一种能被E.T.的传感射线感应到的信号，它压得E.T.透不过气来。E.T.搞不清这个不断冲击他的末梢知觉的信号是怎么回事，只知道它是由光组成的变幻无穷的图像，由无数的探测仪器交织而成的纵横交错的网。这信号把不可名状的深沉的忧虑灌注到他全身，让他陷入纵使开怀痛饮也摆脱不了的郁闷。

外星人意识到他危险的处境，他的全身在急剧收缩，说不定会收缩成针尖那么大小的体积，那样一来，他的一生就要从此了结。

艾略特把家里药橱里存放的所有药品都拿来了，但无济于事，外星人愈来愈虚弱，甚至影响到屋子里所有的植物，这些花草也突然凋萎枯死了。连E·T一直保存的天竺葵标本也不例外。

"带我到……远方去，"外星人低缓地说，"离开我……"

"E.T.，我永远不会丢下你不管的。"艾略特说。

外星人强打起精神，几乎是央求地对男孩说："我对你们是个致命的危险，对你们的行星也是个致命的危险……"

艾略特也强烈地感觉到了，他感觉自己浑身上下都被沉重的铁链捆绑住似的，铁链向下拖曳着他，越来越沉重。他还觉得脑袋一阵阵剧疼，胸部异常沉闷，好像有巨大的铅块压在身上。玛丽太太悉心地关怀着小儿子，但她也被一种无形的重力压迫着，她不知道这所房子到底发生了什么事。

六 死而复生

"艾略特，我们不能再把这件事瞒下去了，"迈克尔说，"我们需要帮手。"

艾略特执意保守秘密，不然E.T.很可能面临更大的危险。

可是，E.T.现在不是也很危险吗？迈克尔终于向妈妈说了实情。

玛丽太太第一眼看见E.T.，是这个怪物正在淋浴的时候。她被吓坏了，她唯一的想法就是马上带孩子们离开这个怪物，离开她所居住的这所房子。当她连推带搡地把三个孩子推向门口的时候，她又一次惊呆了，她看见官方宇航员站在她家的门口和窗子边，一只巨大的塑料套子罩了下来，包住了整座房子。

夜幕降临了，房外被高高架起的电灯照得通明，临屋的街道戒严了，各种车辆都停在车道上。身着蓝色工作服的人员来来往往。

"钥匙"指挥着他的部下，紧紧围绕着E.T.忙碌着。

"骇人听闻……简直不可思议……"疑虑重重的微生物学家自言自语着。

"有图像了，跟人类的心电图像截然不同。"

医学专家惊骇不已。

这些专家用手指捅E.T.，用探针刺E.T.，还把他的肢体前后左右地弯来弯去……他们极其兴奋地工作着，对这痛苦不堪的躯体进行着为揭示生命之谜所能从事的各种详尽研究。

地球引力的铁链重重地压在他身上，他被捆住，还上了镣铐，在那可怕的重压下，他的生命力正在衰竭下去。

E.T.的心脏停止了跳动！专家们的一切努力都是白费的。

艾略特却好转过来，面对E.T.的死亡，他悲痛欲绝。

人们搬进来一只小小的铅制棺材，工作人员把外星人装进棺材里。

"钥匙"走到艾略特身后，把手放在孩子的肩上。

"你不去看他最后一眼吗？""钥匙"挥手叫其他人都出去，然后让艾略特独自走进E.T.停放的房间。

就在艾略特向外星人道别之际，突然传来一种奇妙的声音：

"基普尔，基普尔，斯恩——恩——恩——奥格。"

一道金光照亮天空，从遥远的空间传来呼唤。听不清是什么，然而它触发了E.T.神奇的长手指，使它闪射出光芒。

最让人难以置信的是，E·T复活了！

E.T.周身闪烁着耀眼的光芒，感到全身金光闪闪，而最亮的则是他的心光，从金色变成红色，一闪一闪的。

艾略特转身朝门口望去，见"钥匙"还在那儿跟玛丽说话。他赶紧用衬衫把E.T.的心光盖上，然后把铅棺材重新弄好，装出一副悲痛的样子走出来，悄悄地走到身边还摆着枯萎了的天竺葵的迈克尔身边耳语了几句，这时，天竺葵也像迈克尔一样惊异地抬起头来，顷刻之间，天竺葵从它那枯死的茎中抽出了嫩绿的叶子，长出了花蕾，它又鲜花怒放了。

七　重返太空

当特工人员抬着铅棺材走出来时，艾略特正站在通向外面的主通道旁。特工人员把棺材放到大篷车里又回到屋里去了。

"我要跟着E.T.。"艾略特说。

"艾略特，你和你的全家要跟着我去一个地方。""钥匙"说。

"好，现在我要跟他走。"

"钥匙"允许艾略特钻进了大篷车。坐在司机座位上的迈克尔转过头来："艾略特，我可从来没有真的把车开走过。"

迈克尔虽然这样说着，但他已开动了大篷车。大篷车猛地冲到汽车道上，拖着20米长的通气管道，活像一条摆来摆去的尾巴。

迈克尔把全身压在喇叭按钮上。车子横冲直撞，艾略特这时才发现，车后拖着的通气管道里还有两个官方人员，正想往外爬。

玛丽太太也拉着格蒂跳进她的汽车，超越过官方车辆，直朝着货车追去。现在，她猜想到那怪物还活着，某种感觉告诉她，那个怪物是最可亲的人。

大篷车飞速行驶，管道被甩出去，两个官方人员被丢在后面。迈克尔没命地开着汽车，对面开来的车辆都在相撞的最后一刹那闪到一旁让路，迈克尔对这些汽车司机施展的绝招儿赞叹不已。

艾略特爬到颠来颠去的铅棺材旁边，打开盖子。E.T.坐起来，他的眼睛闪闪发光，他的心光把整个车厢照得通明。

迈克尔把车开下大道，开上一座名叫"眺望山"的山路。半小时前，他打电话通知了他的伙伴格莱格、泰勒和史蒂夫，他们正在那接应他。他们来不及对外星人有太多的惊讶，就骑着自行车，抄小路飞快地向山下滑去。

当奇特的自行车队渐渐远去以后，山头上又热闹起来。官方的各种车辆，其中还有玛丽太太的车都冲到大篷车周围停下来。

经过一场"围攻"，人们才发现大篷车是空的。

这时，从树丛中冒出一个人影，不知为什么，他竟知道这里成了天上地下头等重要的地方。这个人影不是别人，正是兰斯。

"他们都骑车跑了！"兰斯冲着官方人员高叫着，"他们朝那边那个湖跑了！"

玛丽把兰斯拖进自己的汽车。兰斯忽又对玛丽说："在森林那边——我指给你看。"

"可是——你不是说在湖那边吗？"

"嘿，也许我是个小别扭，可我不是个笨蛋。"兰斯做了个鬼脸。

这时，官方人员早已朝湖那边追去。他们发现上当后，立即重新回到公路，他们兵分几路，一个街口又一个街口搜索着，绝不让一个可疑的人漏掉。

官方车队朝着半空中某种神秘的信号围拢过去，信号是E.T.向天空发出的强大的传感波。同时，他的脑袋里也接收到了来自天空的信号：

"兹耐克尔–温尔克——温尔克——兹耐克尔—听到我们没有？"

"听到了，我的船长。但请从速。"E.T.回答。

警笛声迫切了。艾略特带领伙伴拐进了通向远处小山的胡同。

汽车呈扇形包抄过来，少年们的自行车队冲进另一条胡同。在这种地带，自行车要比汽车灵活得多，"钥匙"气得嗷嗷直叫。

带着E.T.行进的自行车队眼看就要到达目的地——飞船曾降落的地方。这时，"钥匙"布下的最后一道秘密防线上的警察和特工人员突然冲上来，把路封锁了。

正当自行车队要强冲之际，E.T.抬起一个他那神奇的手指，顿时，自行车队像鸟儿一样腾空而起，从围捕的汽车上空飘然而去。

追捕的人们都傻了眼。

这时，玛丽太太也在兰斯的带引下，开着车沿着防火路往山上跑去。格蒂坐在他俩中间，她的膝盖上放着那株盛开的天竺葵。三个人到达森林那块空地时，看见艾略特他们的自行车队正从天空滑翔下来！

发报机就藏在这里，他们开始向天空发报。不多时，太空船闪着柔和的光芒，出现在头顶，它像一只巨大的圣诞树装饰灯从漆黑的夜幕中降临。孩子们沉默不语，沉醉在飞船巨大的威力之中。艾略特转过身来，深情地望着E.T.。

"谢谢你，艾略特……"E.T.的声音越来越洪亮，它随着太空船放射的越来越高的能量而增大。

这时候，E.T.感到有一个身影走进林中空地。那是苗条生物。他默默地望了她很久很久。

格蒂向他跑过来："你的花。"她把天竺葵送给了他。他把格蒂抱起来："乖乖的。"

空地上又有一个人影移动，叮当作响的钥匙声打破了黑夜的沉寂。

E.T.立即放下格蒂，他向艾略特伸出手："来吗？"

"不去。"艾略特回答。

E.T.拥抱着艾略特，无比强烈的宇宙孤独感袭过他全身。他摸摸艾略特的心，用手指尖在那儿比画了一个复杂的波码，解除了星辰对孩子的麻醉作用。"我将呆在这儿。"手指尖在艾略特的胸部闪着光。

老植物学家走上了飞船踏板。巨大的太空船在头顶上闪耀着光芒，把千百万条电路组成的错综复杂的意识照进他的身体里。像艾略特一样，他感到内心不再孤独而充满了爱。他带着天竺葵走进光芒中去了……

（田苇　缩写）

返回地球的宇宙人

〔美国〕菲力浦·法尔玛

　　天空已经绿了21年，突然，它变成了蓝色。基卡哈眨了眨眼睛，他又回到了家乡。更确切地说，又一次回到了他出生的地球。他曾经在地球上生活过28年，然后在他称作梯尔斯世界的小星球上生活了24年。现在，他正站在一块伸出来的巨大岩石的阴影下面，感受着来自地球的凉爽的空气。

　　他高60尺1寸，重190磅，宽肩膀，细腰，大腿结实，红铜色的头发披到了肩上，浓黑的眉毛呈弓形，眼睛和叶子一样绿，鼻子直而短，上唇很长，下巴有一道深深的裂口。他穿着一身徒步旅行者的服装，背上背了一个包，手里提了一只黑色的皮箱。他身旁站着一个美貌的女人，她有着一头长长的波浪式的黑发和一对深蓝色的眼睛，皮肤洁白，体态超群。她穿的也是一身徒步旅行者的服装：长筒靴，牛仔裤，伐木者穿的、印有方格图案的衬衫，戴着一顶长帽舌的便帽，她也背了一个包。

　　基卡哈吻了一下这个女人，说："你曾经到过许多星球，阿娜娜，但我敢打赌，没有一个比地球更古怪。"

　　"我以前看见过蓝色的天空"，阿娜娜说："沃尔夫和克丽西斯离开我们有5个小时了，钟魔也出发了两个小时，全都在这个大宇宙里消失了。"

基卡哈点点头说:"如果我没记错的话,这里该是南加利福尼亚州,沃尔夫和克丽西斯没有理由在这一带逗留,因为这个通道是单行的,他们会离开这里前往最近的双向通道,那是在洛杉矶地区。如果那个通道不存在了,那么最靠近的一个应该在肯塔基或者夏威夷,所以我们知道他们会去什么地方。"他停顿了一下,接着说:"至于钟魔,谁知道呢?他可能去了什么地方或者仍然留在附近,他到了一个完全陌生的世界,他对地球上的事情一点也不懂,又不会说任何一种地球语言。""我们不知道他是什么样子,但是我们要找到他,我了解钟魔,"阿娜娜说,"这个家伙不会把钟埋掉,然后,自己远走高飞的。一个钟魔不能离自己的钟太久,他得到处随身携带着它。这是我们认出他来的唯一办法。"

在他们藏身处的下面,约1000尺的地方,一条双车道的碎石路弯曲地绕过大山的一侧,然后继续向上盘旋,最后消失在山的另一侧。一辆汽车在道路上行驶。他们观察一下周围的情况,发现远处一片树林中有一群蓝背樫鸟惊叫而起。

基卡哈从口袋中取出一副小双筒望远镜,调节好上面的3个刻度盘,然后又取出一个耳机和一端连着插头的细线,将插头插入望远镜一侧的插座。他开始扫视下面的树林。远处的树林突然变得近在咫尺,细小的声音也响亮起来。他看到里面有4个人,都带着配有观察器的步枪。他把望远镜递给阿娜娜,说:"你认为红妖魔是在地球上唯一的洛尔德人吗?"

阿娜娜边看边说:"是的。"

"他一定熟悉这些通道,那么,他会建立某种报警装置,装置一被触动,他就可以发觉。我认为,红妖魔的人正埋伏着等待我们。"

基卡哈的话还没说完,头上就传来一阵呼呼的响声。一架机身透明的直升机盘旋在他们上空,里面坐着3个带步枪的人。这下,他们已无处可藏了,他们不得不使用自己的武器。他们举起手,将手上的戒指对准飞机,一道金黄色的射线击中了飞机,飞机立即冒出火花,裂成两半,掉了下来。

透过望远镜，他们看到树林的人带着愤怒的表情正对着步话机讲话，显然他们正在向上司报告。然而，不知为什么，他们并没有继续对他俩攻击，而是坐上一辆车一溜烟地开走了。

他俩用微型电池给戒指充了电，决定下山。刚走了一段儿，10多辆警车和救护车出现在飞机摔碎的现场。这一下又提醒了基卡哈：他俩除了要躲避红妖魔和他的手下之外，还要防备警察。因为一旦让警察抓住，他和阿娜娜将无法证明自己的身份。警察当然没有阿娜娜的任何记录，但是如果留下他们的指纹，就会发现很多事情将难以解释。警察会很快查明他就是保罗·贾那斯·芬讷甘，1918年出生于印第安纳州，第二次世界大战中曾在第8军的坦克部队服役，1946年在印第安纳大学上学时，从布鲁明敦一个大厦的房间里神秘地失踪了，从此再也没有露过面。他当然可以自称有健忘的毛病，但又怎么解释按照年月顺序，他应该是52岁。为什么生理上还只有25岁呢？同时，又怎么解释背包里的特殊仪器呢？

于是，他们避开了警车，来到了公路上。先后拦了几辆车，也没有停下来的。这时后面来了20多辆大型摩托车，骑手全是奇形怪状的青年男女，大多是黑色的衣服和很脏的白色T恤衫，上面写着："撒旦的小丑"。最后面的几个人见阿娜娜长得漂亮，就停下来想把阿娜娜带走。当然，尽管这些人手里都拿着各种武器，但还是被阿娜娜的戒指打得失去了知觉。他俩留下了一辆摩托车，把剩下的全部推下了山坡。接着，他俩骑上摩托，驰往洛杉矶。

对于这条路，基卡哈很熟悉，看着两边的景色，他又想起了往事。他在德国第8军服役的时候，曾在当地一个博物院废墟上找到过一个坚硬的有银色光泽的月牙形金属块。他把它带回了布鲁明敦。一个晚上，出现了一名叫范那克斯的人，他愿意出一笔巨款购买这块月牙形的物体。基卡哈拒绝了。后半夜，他被惊醒，发现范那克斯破门进入他的房间，范那克斯正在将另一个月牙形金属块和他的这一块拼成一个圆环。他打倒了范那克斯，偶然地进到圆环里面，接着，他知道自己被送到了一个奇怪的地方。两块月牙形物体合起来形成了一个通道，这是洛尔德人将物体从一个星球转送到另一个星球上去的远距离传物装置。

基卡哈被送到一个人造卫星上，这是由一个叫贾达温的洛尔德人首先创建的小星球。但是，贾达温在他的星球中待的时间不长，便被别的洛尔德人首领强行逐出，驱赶到地球上。贾达温丧失了记忆力，他变成了罗伯特·沃尔夫。后来，经过一系列的历险，沃尔夫回到了自己的星球，逐渐恢复了记忆力。他重新得到了统治权，和他的情侣克丽西斯一道过着安定的生活。

最近，沃尔夫和克丽西斯神秘地失踪了。这很可能是别的星球上某些洛尔德人统治者的阴谋。基卡哈偶然碰到了阿娜娜，她和另外两个洛尔德人一道，正从黑色钟魔那里逃出来。钟魔本是洛尔德人生物实验室里创造出来的一种装置，当把精神从一个人的肉体中传送到另一个人的肉体中时，可用它来贮存洛尔德人的精神。但是，这些坚不可摧的钟形机械发展成了具有自己智力的实体。他们成功地将自己的意志输送到了洛尔德人的体内。然后发动了一场对洛尔德人的秘密战争。它们终于被揭露出来，于是开始了一场长期激烈的斗争，为的是要将全部钟魔俘获并囚禁在一个特殊制造的星球上。不管用了多少方法，还是有51个漏网了，在潜伏了1000年之后，它们又进入了人体再度得到了自由。

除了一个以外，全部钟魔都被消灭了。这一个，它的意志存在于一个叫撒布兹的男人的体内，经过通道来到了地球。沃尔夫和克丽西斯回到他们的宫殿时，恰好遇到钟魔们的袭击，他们也利用那个通道逃了出来。

现在，基卡哈和阿娜娜正在寻找沃尔夫和克丽西斯，同时他们也决心搜捕并杀死最后一个黑色钟魔。如果撒布兹得以成功地逃脱，他会抓紧时机制造更多的钟，用来发动一场对地球上人类的秘密战争，接下来，再发展壮大，最终入侵洛尔德人拥有的星球，取代他们的精神，还要占据他们的身体。然而，地球上的人们对钟魔一无所知。基卡哈是知道洛尔德人和他们的小星球存在的唯一的地球人。所以必须找到黑色钟魔撒布兹并且把他处死。

同时，地球上的洛尔德人首领，那个叫作红妖魔的洛尔德人，肯定已经掌握了有5个人经过通道进入了他的领地的情报。但他不会知道他们当中有一个是黑色钟魔。他大概要努力将5个人全部抓住。基卡哈也无法向红妖魔报告黑色钟魔已经在地球上游荡，因为不知道他住在哪里，实际上，一直到几个小时之前，基卡哈还根本不知道地球上有一个洛尔德人。

过了15分钟，前面到了一个小镇，那些"撒旦的小丑"剩下的几个人正在一个牛肉饼摊前喝啤酒。看见了他俩，那些人都骑车来追他们，想替他们的同伙报仇。阿娜娜用戒指射坏他们的摩托车，很快就使他们都撞在了一起。不妙的是，他俩被一辆警车发现了，警车开足马力，闪着红光，一路尖鸣着向他俩追来。没办法，阿娜娜只好用同样的手段使警车横在了路上。他们刚驶出5里路，另一辆警车从前方呼啸而来。基卡哈驶离公路向洼地拐去，想摆脱警车，可是警车还是在后面跟了上来。阿娜娜用戒指使汽车轮胎爆炸，车上的两个警察下来用手枪射击。有一枪居然打中了摩托车的后胎。他俩只好下车。他俩把两个警察引到一边，然后绕回来开着那辆爆了胎的警车驶出2里路，终于摆脱了警察。

他俩把警车扔到一边，看见一辆大客车从后面驶了过来。车身上写着"魔王和他的坏蛋们"，车厢里尽是些长发蓄胡的青年和浓妆怪发的姑娘，尽管看来挺放荡，但并不像摩托车上那班家伙野蛮。于是他俩决定搭上这辆车去洛杉矶。

他俩招招手，大客车居然停住了。他俩上车之后，发现这是一支摇滚乐队，他们要去波尔城举办音乐会。车上散放着一些乐器，还有化妆室和厕所。车上一共有7个小伙子和3个姑娘。号称魔王的是一个看上去有结核病的高个子青年，头发卷曲，八字胡须，戴一副大眼镜，还带了一副耳环。他介绍说他叫鲍姆，基卡哈则告诉他叫芬讷甘，阿娜娜是他的妻子。鲍姆垂涎阿娜娜的美貌，想用钱和他交换她。基卡哈忽然想到在地球上没有钱是很不方便的，于是就开了1500美元的价格——条件是假如阿娜娜同意的话。这位魔王自信心十足地把钱给了基卡哈，他大概从没尝过被女人拒绝的滋味。

基卡哈注意到，有一辆林肯式黑色大型汽车始终在跟着他们。到了市区，他们先在一个牛肉饼摊停了车，吃了点东西，然后，鲍姆走过来让基卡哈滚开，这时，阿娜娜走过来，微笑着给鲍姆一记响亮的耳光，这位魔王一下就躺到了地上。然后，他俩快速向旁边的小巷跑去。

基卡哈回头看到，林肯车上下来3个人，也向他们跑来。这时，基卡哈忽然想到：为什么非得找红妖魔呢？如果先抓住为他工作的人……于是，他俩不再跑了，而是步行。过了两条街，他俩回头一看，那3个人已经坐进了林肯车，尾随着他们。他们忽然停下，转身对车里的人笑笑。那3个人下了车，手插在外套的口袋里，向他俩走来。

这时马路上突然响起警车的尖啸声，一辆警车从远处驶来。那3个人虽然不清楚警车是否冲他们而来，但还是掉头向林肯车走回。基卡哈看见他们害怕警车，便和阿娜娜紧跟在他们后面。他俩分别用戒指抵住一个年龄大的人和一个金黄色乱发青年的背后，示意他们别乱动。接着他俩放走了余下的人，只夹着那个年龄大的往前走——因为这个城市实在没有他俩熟悉或认为可靠的地方，他俩只好边走边审问。这人看起来又粗野又强壮，大约50岁，有深深的灰黄色皮肤，棕色的眼睛，大鹰钩鼻子，厚嘴唇，大下巴。基卡哈问他的名字，他咆哮着说："马查林"，除此之外，基卡哈再也问不出什么有价值的情况。他回头看见林肯车还在徐徐地跟着他俩，忽然想到，也许那些人愿意带他到他们的头头那。没想到那几个人紧张之极，都拔出手枪等待着他俩。尽管他俩用射线把那些人都打晕了，但有个人的枪还是不由自主地响了一声。他俩怕引起行人和警察的注意，迅速离开了现场。

基卡哈忽然想到报纸上有汽车旅馆的广告，便和阿娜娜一起坐出租车来到了一家汽车旅馆。汽车旅馆一般是嬉皮士们的聚集地，所以像他俩这样不易引起怀疑。他俩订了一个房间，然后仔细查看了从马查林身上搜出来的皮夹子。里面除了一些钱和几张照片，还有一张纸上写满了姓名的大写字母和电话号码。通过查对，基卡哈巧妙地知道了他的头头应该是一个叫坎布宁的人，他打电话到电视台和报社，又查到了坎布宁的详细住址。

到了晚上，基卡哈决定先去那儿侦察一下。坎布宁的住所是一幢很大的3层木结构房屋，整个院子都用高高的砖墙围住。基卡哈查看了一番，猜想坎布宁不会是红妖魔，很可能是个下属，因为地球上的洛尔德人首领会住在一个真正豪华的住所内，并且周围一定有严密的监视和防卫。

他跳进墙去，靠近了房屋，正准备仔细查看，忽然听见屋里一阵电话铃响，他用自己的仪器一监听，好像是有人命令那些人去袭击他和阿娜娜。接着他看到8个人从屋里出来，分乘两辆车走了。其中就有白天盯他俩梢的、林肯车里的那几个人。

等那些人走后，基卡哈急忙潜入房子，用电话通知阿娜娜赶快离开。他打完电话，刚转过身，发现有个大汉正从楼上下来，手里的枪正对着他。他用戒指把大汉打晕，发现楼上还有一个女人，她是坎布宁的妻子。基卡哈从她那里问不到谁是坎布宁的上司，把那个大汉弄醒，他也同样不知道。

他灵机广动，拿起电话，拨响了通往阿娜娜房间的号码。当坎布宁在电话的那一端答话时，他并不感到惊奇。"坎布宁，"他说，"我就是那个你奉命要追踪的人。现在听我讲完，因为这个消息对你的大头头很有用，你告诉他，一个黑色钟魔从贾达温星球得到了自由。这个钟魔就在这个地区，可能是昨天来到这里的。"

一阵静寂之后，坎布宁说："听着，头头知道你逃掉了。不过他让我有机会就告诉你，你应该露面，头头不会伤害你，他只想和你谈谈。"

"你也许是对的，"基卡哈说，"但是我无法抓住这个机会。你告诉你的头头，我不是一定要说服他，我不是一个洛尔德人，我只是在寻找另一个洛尔德人和他的妻子，我们是为了捕杀钟魔才到这个世界来的。其实，我可以告诉你这个洛尔德人是谁，他就是贾达温。你的头头也许记得他。贾达温已经不像以前了，他没有兴趣向你的头头挑战。他什么都不在乎，他唯一的希望是回到自己的星球上去。明天中午前后我打电话到你家里，所以你有充分的时间把我说的事情转达给你的头头。我将打电话到你家，你的头头也许愿意等在那里，以便直接和我交谈。"

然后，他不等对方回话，就挂断了电话。走的时候，他顺便开走了坎布宁妻子的汽车。

在旅馆的后面，他把阿娜娜接上车，然后他们来到另一家离这远些的汽车旅馆。

第二天醒来后，基卡哈先打电话给《洛杉矶时报》广告部，刊登了一条寻人启事。中午的时候，他打电话给坎布宁。坎布宁立即回话，好像他一直等在电话机旁。他告诉基卡哈，已经把话传给了头头，头头希望和他见一面，地点由基卡哈来选。

为了防备不测，基卡哈把地点定在美术馆，那里人多，视野开阔，一旦有什么事，可以迅速离开。他先把车停在美术馆的拐角处，再让阿娜娜扮成画速写的画家坐在一边，然后他从另一边坐出租车来到美术馆门前并让司机在一旁等着。

过了片刻，一辆罗尔罗伊斯大汽车驶来。车上下来两个人，一个是他见过的年轻人，一个是50岁左右的男人，他穿一套生意人的衣服，戴了墨镜和一顶帽子。基卡哈确信他不是红妖魔，因为一个洛尔德人，即使到20000岁，看上去却不会超过30岁。这时，他的耳机里也响起了阿娜娜的音："这个人不是红妖魔。"他向周围看看，发现四周至少有7个人是他们的人。

那两个人走到他的面前，年老的男人介绍说他叫克勒斯特。基卡哈确信克勒斯特的身上有一种装置，不管在什么地方，都能够将谈话直接传送给洛尔德人首领。于是他用洛尔德语说："红妖魔！我不是一个洛尔德人，而是找到了去贾达温星球的通道的一个地球人。现在回到地球，为的是追捕钟魔，我没有留在这里的念头。我仅仅希望杀死钟魔后，再回到收养我的星球去，我对你们没有丝毫敌意。"

克勒斯特先是感到很迷惑，突然又感到惊慌失色。显然是他接到了指示。他说："我受权对你实行赦免，马上和我们一道走，我将把你介绍给你想要见的人。"

"不，"基卡哈说，"现在我还没有理由相信他，只是在追捕钟魔这件事上，我愿意同他合作。"他接着说："告诉你们我们只来两个人，可是你们却来了这么多，难道是想绑架我吗？如果你的头头希望得到我的帮助，就必须保证给我留一条回去的通路。"他意识到应该打消红妖魔一心想抓住他们的念头。"告诉你们的头，"他故意夸大说，"在地球上，另外有4个洛尔德人。除了钟魔，我们当中没有一个人打算伤害他，我们只要杀死钟魔，就马上离开这个星球。"接着他用洛尔德语说："红妖魔，你大概没有忘记，每一个洛尔德人的头脑中都装置了仪器，当洛尔德人靠近了钟魔的金属小钟时，报警器就会在头脑中鸣响。4个洛尔德人一道去寻找钟魔，找到他的机会会大得多！"

克勒斯特和主子联系后，说："他怎么知道你不是钟魔？""要是我是钟魔，为什么要和你们接触，让你们知道有一个危险的敌人正在你们的星球上游荡？"

基卡哈刚说完，就听见耳边传来阿娜娜的声音："他们正在包围你，正慢慢地向你靠拢"。他的目光越过克勒斯特，看见草地的另一边停着一辆车，坎布宁正坐在里面——他见过坎布宁的照片。他正思忖着离开的办法，忽然看见克勒斯特的手正慢慢伸进外套，他刚想动手，却见克勒斯特拿出一支钢笔和一个本子，说："我写下这个号码，你好打电话，还有……"突然，克勒斯特将钢笔对准了他，虽然他动作敏捷地跳开，但是，射线还是触到了他的肩部，使他猛地跌在了路上。

原来，那是一只射线发射器。与此同时，他看见克勒斯特也仰面摔在他的后面，因为阿娜娜对他发动了进攻。基卡哈感到肩头很痛，但还是迅速起来，捡起了那支钢笔。接着他俩用射线打倒了那些向他俩靠拢的人。他俩快速穿过马路，从背后向坎布宁的汽车跑去。

坎布宁正站在汽车旁，等得着急，忽然感到一件东西触到了脊背，同时他听到了基卡哈的声音。他只有按照命令坐到前面的位置，基卡哈和阿娜娜则迅速进入后面的座位。过了30秒钟，有两个人扶着克勒斯特来到车旁，基卡哈打开后门用钢笔对着他们说："把克勒斯特放进前面的座位。"那两个人只好照办。基卡哈坐到司机的位置，汽车在刺耳的声音中冲向马路。

阿娜娜伸手从克勒斯特的耳朵后面取出收发两用机。这是一个金属圆盘，薄如一张邮票，大小如一角钱的银币。她把它放在自己的耳后，又摘下克勒斯特的手表，戴在自己的腕上。忽然间，阿娜娜觉得透不过气来，她以为是坎布宁在攻击她，她用肘部一顶，发现坎布宁已经人事不省了。她仔细一看，坎布宁已经死了。基卡哈把车停在路边，看见坎布宁的手表和耳朵后面都有一个棕蓝色斑点。他赶紧让阿娜娜扔掉克勒斯特的收发机。

阿娜娜无意中救了克勒斯特的命。克勒斯特终于说出了他所知道的一切。他的顶头上司叫罗里尼，住在贝弗莉山，但是克勒斯特从没有到过他家，只是从电话里接受指示。

根据克勒斯特的描述，基卡哈断定罗里尼也不是红妖魔。怎样才能引出红妖魔呢？基卡哈决定造一只钟，假扮钟魔，引出红妖魔。这时，他发现下面有警察在查看他们用过的那辆汽车后面的牌照，知道警察又跟踪而来，便和阿娜娜迅速收拾好东西，离开了旅馆。

他俩乘出租车来到洛杉矶，找到一个三流旅馆住下。他俩来到街上，买了一些日用品和一把漂亮的小刀，还理了发，基卡哈把头发染成深褐色，而阿娜娜则把头发染成玉米一样的黄颜色。他们又到金属制造工匠那，订做了一个钟。基卡哈又把那只黑皮箱——里面装着夏姆巴里门喇叭，寄存起来。最后，他俩到马路对面的一家小啤酒店喝啤酒。

阿娜娜向他详细地介绍了有关红妖魔的情况。她说红妖魔是她的舅父，他在15000地球年以前，单身离开了自己出生的星球，那是在她诞生5000年以前。在她大约15岁时，他回到过星球一次。虽然现在记不太清他的长相，但是如果见面她肯定会认出他。她还说基卡哈也许是他的儿子，因为他的眼睛和基卡哈一样，都是一种罕见的草绿色。她说，红妖魔是洛尔德人中的一个恐怖人物，他成功地入侵了至少10个洛尔德人首领统治的星球，并且征服了他们。当他入侵她的姐姐瓦拉的星球时，受了重伤。红妖魔是一个足智多谋、势力极大的人，但是，她的姐姐瓦拉兼有眼镜蛇和老虎的全部特征，也很厉害，结果两人都没得到便宜。红妖魔逃到地球上。地球是他离开自己出生的星球之后创造的第一个星球。这让基卡哈惊讶不已，他一直坚信地球是一个天然的星球，虽然他亲眼见过洛尔德人创造的星球。

这时，他俩发现相继来了两辆警车，警察都进了旅馆，而且，他俩还在酒店的电视上看到了有关他俩的通缉令——当然还有根据证人的描述拼成的他俩的照片。基卡哈说："不管警察是从红妖魔那里得到了情报，还是由于克勒斯特的原因来检查我们，反正都一样，警察正在追捕我们，红妖魔已取得了优势。只要他继续逼迫我们，我们就不打算和他打交道。"幸好，旅馆里并没有什么东西，戒指、钢笔射线发射器、耳朵接收机、手腕精密记时计兼收发两用机，还有钱，都带在身边，而箱子，也存在别处，他们可以不必再回到旅馆。

他俩来金属制造工匠那，取出了订做的钟——一只足可以乱真的钟，然后，他们步行穿过麦克阿瑟公园。公园里除了街头演说者外，还有一些酒鬼、嬉皮士。在不远处一张水泥长凳上，坐着两个面孔粗糙的酒鬼和一个年轻人。这个小伙子身体结实，披着肮脏的金黄色头发，胡须大约有两三天未刮，他的衣服比酒鬼的还要脏和破。一个一尺见方的纸板盒放在他的身旁。阿娜娜突然变得皮肤苍白，眼睛睁得大大的，她抓住自己的喉咙，尖叫起来。报警器在她头脑里响起来。自从10000年以前，她成为一个成年人以后，就带上了这个报警器，它是能够对恐怖事物作出可靠反应的装置。这个人就是钟魔！金黄色头发的年轻人跳了起来，抓起纸板盒就跑。基卡哈在后面紧追不舍。真是不可思议，基卡哈本来想在公园里这种人多的场合利用假钟制造一些混乱和新闻，好引出红妖魔来，没想到却碰上了真的钟魔。

基卡哈边跑边拿出钢笔射线发射器，向钟魔的后背射去，钟魔一下闪过，同时，用一个黑色的细长物体，指向基卡哈，基卡哈向旁一闪，一道白色的闪光击中了他手里的帽盒，盒子和刚做好的钟顿时裂成两半，在落地之前，都变成了灰烬。他们扑倒在地对射一阵后，阿娜娜也前来助阵。钟魔站起来又跑。

这时，有不少人向他们跑来，其中还有两个警察。钟魔翻过了一座陡坡，跑到了下面的公路上，接着响起了一阵枪声。基卡哈和阿娜娜跑过去一看，钟魔仰面朝天倒在马路中间，他身旁有一辆黑色的大林肯车，有几个人正在抓起钟魔将他装上汽车，其中一个人就是克勒斯特。他俩赶紧向汽车跑去，但是那几个人把一瘸一拐的钟魔推上汽车，就开车逃走了。基卡哈瞄准汽车，希望一下就能射中轮胎，可是，他按了几下，什么也没有发生，原来射线发射器里的能量用完了。这时，后面的警察叫喊着追了上来，他们只好再次逃跑。

他俩坐了20多分钟的出租车，来到另一家汽车旅馆。他俩来到房间，洗了澡，打开一份当天的《洛杉矶时报》。"哎呀！"基卡哈喊了起来，"这是一件令人愉快的事情！我没想到它真起了作用！不过他是一只狡猾的老狐狸，这个沃尔夫！他想的和我一样！看吧，阿娜娜！"阿娜娜接过报纸，只见寻人栏上登着："罗瓦卡斯少年。祝你获得成功。斯塔兹。威尔谢和圣维森特。下午9时。C致意。"他俩高兴得在房间里跳起了舞。"我们成功了！一旦我们汇合在一起，就再也没有什么力量可以阻挡我们！"

他俩打开电视，里面的消息并不太妙：警察先生发现克勒斯特被捆绑在旅馆，接着又发现坎布宁的尸体，同时，他的汽车也被盗。有趣的是，警察查出嫌疑犯的指纹就是24年前失踪的芬讷甘的，按理他今年52岁，可是目击者却证明嫌疑犯不过25岁！此外，他还被鉴定和公园里的一个神秘的追捕者有关。基卡哈耸耸肩说："我们的处境很糟糕，但愿旅馆经理没有看到这个节目。"

8点半钟到了，他俩简单地收拾了一下，他俩要在9点钟赶到威尔谢和圣维森特大街的斯塔兹饭店去会见沃尔夫。他俩提前来到饭店，查看了一下周围，里面没有沃尔夫和克丽西斯。他俩站到饭店对面的一个服装陈列窗前，这里可以清楚地看见进出饭店的每一个人。可是，半个小时过去了，还是不见沃尔夫和克丽西斯的影子。他俩感到饿了，阿娜娜就去斜对面的一家饭店买些吃的。5分钟后，她拿了一个白色的大纸袋开始往回走，过马路的时候，一辆汽车突然在她的面前停下来，里面下来了两个人，拦住了阿娜娜，阿娜娜突然扔下纸袋倒了下去。基卡哈立刻向阿娜娜奔去。但是车里有人向他发射射线——虽然他没被打中，但他能看见。他赶紧趴下，等他起来准备还击时，汽车已经载着阿娜娜跑远了。

这时，后面跑来两个警察，一边喊一边向空中放枪，基卡哈赶紧跑开。等他躲过了警察再次回到斯塔兹饭店时，早已过了约会的时间，沃尔夫和克丽西斯毫无踪影。他回到旅馆，发现下面已停了一辆警车，他只得再次离开。

他猛然间想到：如果红妖魔给阿娜娜服一种药，那么阿娜娜就会说出一切，那么夏姆巴里门的喇叭的贮存处就会被红妖魔知道。他赶紧坐出租车去把箱子取出，又换了一个贮存处，并且把钥匙放在旁边的一棵树的树洞里。现在，他考虑了一下自己的处境：钟魔的问题是解决了，是基卡哈还是红妖魔杀死他已无关紧要。红妖魔现在已把他所有的敌人都掌握在手中——沃尔夫和克丽西斯也许早已成了他的囚犯。在这之前，红妖魔首先考虑的是钟魔，没有拿出所有的精力对付基卡哈，而现在，他可以全力对付最后这个不肯投降的人了。

基卡哈努力使自己平静下来，他意识到他应该千方百计把红妖魔找到。他打电话给坎布宁的妻子，明确表示要见最大的头头。也许红妖魔对此早有预料，不久，他的电话就接通了。从那洪亮而深沉的声音，基卡哈断定这是真正的红妖魔。红妖魔说："芬讷甘！我抓到了你的朋友沃尔夫和克丽西斯，还有你的情人，我的外甥女阿娜娜。他们都很好。到目前为止，还不曾受到伤害。我让他们服了药，说出了所知道的一切。我不久要杀死他们。当然，这还取决于你，不知道你是否愿意做一次交易，如果交易成功了，我就让他们和你一起回到贾达温星球。""你说吧。"基卡哈说。"第一，你要把夏姆巴里门的喇叭交给我！"基卡哈早就知道他会提这个条件。

喇叭在所有的星球中间不仅是独一无二的，而且是洛尔德人最珍贵的物品。这是现存的全体洛尔德人传说中的祖先所创造的。它在通道之间有一种独特的作用，可以单独地使用。喇叭的音调按照特有的由密码译成的一组乐句进行吹奏，当喇叭吹响的时候，星球之间一条短暂的通路就会打开。也就是说，如果在两个星球之间的"屏障"那里靠近一个"共鸣"的位置吹奏喇叭，通道就会打开。共鸣位置处于两个星球之间的通路上，可是这些星球的位置永远不会变动。因而，如果一个洛尔德人使用喇叭的时候，不知道共鸣位置会引导他去什么地方，那么，不管愿意不愿意，他将发现自己到了另外一侧别的一个星球上。基卡哈知道在地球上的四个地方吹奏喇叭，可以保证打开通向梯尔斯世界的道路，一个是在南加利福尼亚他们来的那地方，一个在肯塔基州，但这条通道需要沃尔夫带路。另一个在布鲁明敦他以前的住所中，第四个在亚利桑那州一个房屋的密室内。

红妖魔这时在电话那边已经等得不耐烦了，基卡哈说："答应，暂时答应！你另外的条件是什么？"

"我只剩下一个条件！"红妖魔停了一下说，"你和别人首先帮助我抓住钟魔！"这使基卡哈感到震惊。这样看来，钟魔要么被红妖魔手下抓住，然后又跑了，要么是别的什么人俘获了他。这个人只可能是另一个洛尔德人。当然，也可能是另一个钟魔。想到这里，他感到有些紧张。

"你要我做什么？"他问。

"你现在尽快去坎布宁家，我的手下会带你到这来。"红妖魔说。

"好吧。"基卡哈一边回答，一边警惕地看着电话亭外面的情况。

他看见不远处有一辆黑色的卡迪勒克汽车。一个人在车上坐了一会儿，看看手表，然后打开车门，朝电话亭慢慢走来。突然，他拔出一支手枪，对准了基卡哈。基卡哈已无处可躲。

等到他恢复了知觉，发现自己被铁链锁在一个房间内，一个大个子男人正在看着他。大个子介绍自己是真正的红妖魔，而以前跟基卡哈打交道的是另一个洛尔德人，名字叫厄尔索纳，他曾经是雪夫亭星球的统治者，后来被瓦拉赶走，逃到地球上，袭击并打败了红妖魔，做了地球的统治者。而红妖魔则进入隐蔽状态。现在，沃尔夫他们都在厄尔索纳手里，厄尔索纳现在住在红妖魔以前的宫殿里。红妖魔想和基卡哈联手，共同除去厄尔索纳。基卡哈同意了。

可是还没等出发，钟魔就来进攻他们了。红妖魔通过通道仓皇逃遁，而基卡哈则决心和钟魔大干一场。

他找到了一把射线手枪和一把匕首。跟踪并来到了钟魔的住所——火星上的一所住宅，火星上的动物和植物让他感到奇怪。他悄悄地潜伏在钟魔房间里的一个大水池中，睡莲的大叶子为他做了很好的掩护。钟魔走进来了，他举起射线手枪，瞄准了钟魔。可是突然，他的腿上像有什么东西刺了一下，剧痛使他大叫起来，他一下沉到水里，射线手枪也掉了。在充满光线的水中，他看到原来是一种青蛙的奇怪动物咬了他一口，血从伤口里不断涌出来。钟魔肯定听到了喊声，也许正在上面拿着枪等着他。然而他必须要浮上来——他小心地浮出水面，钟魔却不见了。

他爬上来，用衬衫包扎一下伤口，拿出匕首——他唯一的武器，来到隔壁房间。不知不觉中，他又经过一个通道来到一个星球。他进入一个奇怪的昏暗的大房间，四周环绕一条过道，中间是一个盛满银灰色金属液体的大池子，池子中央是个似乎用石头堆成的小岛，小岛的上面有个大金属环。

这时，钟魔带着他的钟走过来，他的钟悬浮着先飘进了房间，基卡哈一下把门关上，使钟魔和钟分开。钟魔很吃惊，不知道袭击他的人有多少，带什么武器，所以没敢贸然闯入——这给基卡哈留了许多时间。尽管钟魔在外面用射线想把房子烧成灰烬，基卡哈还是利用这段时间带着钟游到了小岛的中央。他断定那个金属环一定是个通道。他先把钟放了进去，可是却传来一声爆炸，钟被炸了回来。这时钟魔拿着射线发射器冲了进来，基卡哈别无选择，一纵身就跳进了金属环内。

他感到正在下落，上面是一片蔚蓝色的天空。忽然一根细棒横在他的面前，他赶紧伸手抓住。他发现细棒是架在两端悬崖上的金属支柱上，于是便一点一点移到悬崖上。过了一会儿，他发现有一支腿伸在空中进行试探——是钟魔！基卡哈迅速拔出匕首。几秒钟后，钟魔阴森而紧张的面孔出现在空中。基卡哈使劲把匕首掷向那张脸，居然一下正中太阳穴。钟魔惨叫一声，坠落下去。

现在，基卡哈要考虑自己如何离开这里。他发现支柱下面有4个铁圈。他就一个个去试探，结果，他经过一个通道来到了厄尔索纳庄园的一个房间。

厄尔索纳知道钟魔已被杀死，显得很高兴。他证实沃尔夫他们都在他手上，并让他们和基卡哈通了话。但他说释放他们的条件是让基卡哈抓住红妖魔。基卡哈假装答应了。

他出去后先把喇叭取出来，又搞到了射线发射器，然后，他来到红妖魔的住宅，找到了那个有通道的房间。他不停地吹奏喇叭，墙壁就一次次打开，呈现不同的通道：第一次是光线暗淡的房间，第二次是另一个星球上的绿色景象，第三次是一条过道，过道尽头有一扇门。他选择了第三个，走了进去。

他推开那扇门，惊奇地发现阿娜娜正坐在里面看书。他欣喜若狂，跑过去拥抱阿娜娜。在接触到她的一瞬间，基卡哈忽然感到手上和脸上剧烈地疼起来，似乎是受到硫酸的侵蚀。他马上意识到这是一个骗局，他推开阿娜娜，自己也倒在了地上。与此同时，他拔出射线发射器，向她射出了最强功率的射线。她先被切成两半，继而燃烧，最后化成一堆纤维。

他马上吹响喇叭回到那个房间。他先找了些药涂在烧伤的嘴、鼻子和手上，然后对着另一面墙壁又吹响了喇叭。这回第一个通道是通往一个紫色的星球，第二个通道依然是一个过道，尽头是一扇门。基卡哈又选择了这个通道。结果又发现一个阿娜娜坐在房间里。基卡哈轻柔地喊了一声，阿娜娜跳了起来，像第一个一样，她眼里流出了泪水，脸上露出美丽的笑容，张开双臂向他扑来。基卡哈马上拔出射线发射器，喝令她站住，并给他唱那首据说传了10000年的摇篮曲，这曲子是阿娜娜的妈妈教她唱的，别人不可能复制出来。阿娜娜先是很困惑，但还是张嘴唱了起来。基卡哈一下把她抱在怀里，两人都激动地哭了。

　　但是，还要找到沃尔夫和克丽西斯。阿娜娜找来一个钢笔射线发射器，他俩又一次吹响了喇叭。这次出现了一个豪华的大房间，还没等他们决定是否进去，那边却有人正推着一个圆筒形物体向这边走来。从那人的头发来看可能是红妖魔。基卡哈没有发射射线，他的直觉感到那个圆筒里装满了炸药。于是他和阿娜娜迅速跑出了楼房。在街道的拐角处，他看见一辆大轿车驶入了他们刚离开了的楼房，车上有厄尔索纳。过了一会儿，巨大的爆炸声音和气浪袭击了这个地区，人们从来也没有见过如此巨大的爆炸。基卡哈不知道红妖魔和厄尔索纳会怎么样，但是他知道自己现在应该去解救沃尔夫和克丽西斯了。

　　于是，他和阿娜娜乘车来到了厄尔索纳的庄园。在楼下的一个大密室里，喇叭的吹奏终于产生了效果，墙上出现了通往另一个星球的通道。这时，外面来了许多人，他俩毫无选择地跳了进去。结果，他俩意外地来到了阿娜娜出生的星球，洛尔德人的发祥地。

　　尽管阿娜娜兴高采烈，但基卡哈却感觉有什么不对。他俩吃了点东西，又休息了一会儿，基卡哈带着弓和箭，阿娜娜拿着射线发射器，他俩前往阿娜娜记忆中的地方去寻找通道。

　　在路过一片森林的时候，阿娜娜忽然看见一个人影一闪，她认定那是红妖魔。基卡哈和阿娜娜从两边向红妖魔藏身的地方包抄过去。这时忽然一只硕大无比的黑狼向阿娜娜藏身的方向奔去，黑狼背上的毛正在燃烧，显然是射线发射器造成的，显然还有另外的人躲在这里。这时，基卡哈看见一个身穿黑衣服的家伙正准备偷袭阿娜娜，他急忙一箭把那个家伙射倒。同时，基卡哈看见一个高大的人躲在树后正用射线发射器瞄准自己，他急忙闪到树后，射线切断了他头上的树干，树枝向他碰下来。他向旁边一跳，还是没有躲开，他感到眼前一黑，就昏了过去。

　　等他醒来，发现自己被压在树下，不能动弹，而红妖魔正满面笑容地看着他。红妖魔正在得意洋洋，忽然觉得后背被东西顶住，原来阿娜娜从后面悄悄靠近，夺下了红妖魔的射线发射器。红妖魔被迫从树枝下把基卡哈扶出来，基卡哈已经受伤。他们准备用基卡哈的喇叭离开这里。忽然，厄尔索纳出现在树林里，他破坏了阿娜娜的射线发射器，命令他们前往附近的一个通道，他在通道里设计了陷阱。

基卡哈假装摔倒，并让阿娜娜吹响了喇叭，没想到，他们一下进入了厄尔索纳的星球——雪夫亭星球。厄尔索纳没有想到他们有喇叭，他随后也进入星球。红妖魔和厄尔索纳搏斗起来，阿娜娜乘机得到了厄尔索纳的射线发射器，她让红妖魔回到了地球，让厄尔索纳留在雪夫亭星球，救出了沃尔夫和克丽西斯——他们就被厄尔索纳囚禁在雪夫亭星球上。然后，他们4个人：阿娜娜、基卡哈、沃尔夫和克丽西斯一起返回了贾达温星球上。

（贾立明　缩写）

奇异的肤衣

〔美国〕马·诺伯特

朱维尔戴满珠宝的手臂挽着柯诺瑞娅的手，款款踱过那有权势有钱财的人群，四周的目光立刻在她们俩身上聚焦。柯诺瑞娅在与这些人彬彬有礼地寒暄之时，朱维尔上上下下地打量着她的女主人：优雅高贵的金卷发上棋布着一粒粒绿松石；一对金耳环上悬挂着32个非常小巧别致的金铃；一挂金项圈挂在她高雅嫩白的细脖上；金项圈周围外沿镶嵌着状如泪珠的30粒蓝宝石；她饱满的胸部、丰腴的身段上罩着一件透明的粉红色的时装，胸前佩戴着熠熠闪光的金链网，金网眼处精巧地镶嵌着一粒粒红宝石；她那一对金手镯沉甸甸的，上面雕刻有美妙的花纹，手镯相连处最引人入胜，那是一对威风凛凛在相吻的雄狮。在灯火辉煌的客厅，柯诺瑞娅真是大放异彩，最引人注目。

"亲爱的柯诺瑞娅，你这一身装束真是美妙绝伦，极其得体，极其适合你的金卷发蓝碧眼，极其适合你嫩白丽滑的肌肤。"朱维尔赞不绝口，也羡慕不已，"现在这个时节你这身打扮将会牵引来所有的目光，逗引出众口一致的赞叹。嗯，那位外星大使就在那儿。"

那希斯星球奥普尔帝国大使掉头面向柯诺瑞娅和朱维尔时，她们看到：他是一个两足动物，身体高而瘦，头颅小而无发，一对小眼睛绿闪闪的，嘴宽无唇。如果捂住他那颗鼻子不看，就很有几分像人。那颗鼻子呈三角形，倒挂在面部，并占了面部的一半。他的脸面是由一层薄得会自动颤动的蜷曲的细膜所造成的。他看起来就像是一只鼻子呈叶状的大蝙蝠，柯诺瑞娅心中暗想。

"尊敬的大使阁下，"朱维尔走上前客客气气地说，"请允许我将诺思特德·帕克顿大科学家的千金小姐柯诺瑞娅引荐给你。柯诺瑞娅，这位就是希斯星球奥普尔帝国大使王子殿下热斯克希。"柯诺瑞娅立即向他行屈膝礼。

"我认为你很有魅力。"热斯克希嘴皮翕动，脸上漾起V状笑容，显露出两排细密的针尖状的牙齿，门牙至少也有两英寸长，笑容也非常优雅。

接着，朱维尔掉头向柯诺瑞娅介绍，正与大使交谈的佛恩姆宇宙飞船船长道格拉斯先生。其实，不必介绍，柯诺瑞娅也知道道格拉斯是什么人。因为是他率领太空探险队驾驶着佛恩姆宇宙飞船飞往希斯星球帮助奥普尔帝国消除了对地球人的误解，平息了地球人与奥普尔帝国之间的战争。

"我希望，先生们，我没有打搅你们的会谈。"柯诺瑞娅说，脸上漾起一对笑得令人心醉的酒窝。

"柯诺瑞娅小姐，我们刚刚谈到我们栖息在树上的时代。"热斯克希说，"若干百万年以来，我们的祖先栖息在树上，正如你们的祖先那样。不过，我们的祖先是滑翔动物。"说着他举起双臂做飞行状，显露出从手臂延展到两肋的一层薄薄的皮翼。"瞧，这退化的薄皮翼就是从栖息树时的祖先那里遗留下来的。当然，我的四肢我的眼睛都是长期进化的产物。"

"当时你们四处滑翔是在寻找什么呢?"柯诺瑞娅似乎感到好奇。其实，她那颗头颅中的数十亿大脑细胞对任何科学总是采取排斥态度。

"那是在搜寻更为低等的飞行动物，例如，蜻蜓、蚱蜢、蟑螂等。在你们看来，我们的祖先总是猎获昆虫而生。"柯诺瑞娅一阵恶心。这些话激发起她这样的想象：一群人一样的滑翔动物正用宽长的大嘴，针尖状的细牙大嚼蟑螂。热斯克希继续说："自然，我们是在不断进化演变。"

"哦，亲爱的柯诺瑞娅，"朱维尔尖声尖气地说，一只胖手摸了摸耳环上装饰着的微型无线电接受器，"奥普尔帝国的公主法蒂玛马上就要来了，我得立即去迎候她。"她急急忙忙地转身离去，手镯和脚镯丁当作响。

不一会儿，朱维尔回来了，身后是法蒂玛。她穿戴的服饰与柯诺瑞娅的颇相似，不过她的服饰的银链上镶嵌着一枚硕大的紫水晶，周围点缀着一粒粒精巧的小紫水晶，呈众星捧月状。这样，与她一比，柯诺瑞娅的服饰便略逊一筹。柯诺瑞娅妒火中烧恨得想咬牙切齿。我要亲手杀死那个大笨蛋——为我设计服装的斯特凡时装大师！他居然粗枝大叶，居然让一名时装间谍溜进了他的时装设计所，窃取了有关她这一身服饰的设计情报。摄影师马上就要来给她们合影留念，明天照片就会四处散发，她就会逊人一筹，就会成为笑柄，就会出大丑。她感到妒火中烧，面红耳赤。因此她急急忙忙找了一个借口，慌慌张张地告辞离开。

她走出客厅沿着铺盖有玫瑰红地毯的楼梯急速上楼，不知不觉中她站到了一个阳台上，双手放在玉栏上，眺望远方的灯火。不知过了多久，她蓦然回首发现有一位满脸胡须的科学家模样的人正站在她的身边，此人曾随道格拉斯一道去希斯星球探险。此时他正叼着大烟斗在慢悠悠地说："奥普尔帝国在某些方面消息相当灵通，柯诺瑞娅小姐。虽然他们张口给我们讲述了不少的有关他们的进化的事情，我们也知道他们是杂食动物，有点像我们。但是我们对他们的生命周期，繁衍方式，一无所知。我们巧妙地询问他们时，他们也总是吞吞吐吐，躲躲闪闪，含糊其辞……哎，柯诺瑞娅小姐……"柯诺瑞娅听这些话觉得几乎要昏死过去了，因为太枯燥，而他却唠叨个没完。但是他的话终于被一个声音打断了，柯诺瑞娅知道那是道格拉斯船长来了。

道格拉斯说："卡鲁斯尔先生，我知道你见过柯诺瑞娅小姐。"

"哦，是的。我们一直在进行引人入胜的交谈，真的。不过，我得告辞了。"卡鲁斯尔绕到他们身后说，"柯诺瑞娅小姐，请你转告你父亲，我非常感激他使我参加了太空探险队。船长，作为你的部下，乘坐佛恩姆宇宙飞船在太空探险，实在令人终生难忘。"卡鲁斯尔与道格拉斯握手告别，然后他汗涔涔地退回客厅。

道格拉斯望着他退去的背影在讪笑，说："恐怕今天晚上的气氛使卡鲁斯尔显得可怜，显得莽撞。其实在宇宙飞船中他不过是一只用作实验的老鼠。"

"他这种小矮子，真让人烦死了，可是我爸爸就信任他，老说他是世界上第一流的生物化学家。"

"你爸爸？就是诺思特德·帕克顿？"道格拉斯竖起一道眉毛问。

"那正是我爸爸的名字。"柯诺瑞娅得意洋洋地说，同时给他递送过去一个迷人的秋波。

"请你喝一杯好吗？"

"好的。"当道格拉斯端着酒杯回来之时，她问他是否知道游泳池旁闹闹嚷嚷的是些什么人。

"他们都是我的太空探险队员。"道格拉斯用盛气凌人的目光俯视着楼下游泳池边的那群人。

然后道格拉斯站得笔直，抬腕扫视了一下手表说："我准备去跟C国的那位大使告辞。柯诺瑞娅小姐，如果你没有其他安排，我随后就来护送你回家。如果你愿意，我将感到荣幸。"

"我非常高兴。不过，现在我想到楼下去散步，吸吸夜晚清新的空气。客厅有点闷热。"如果她返回客厅，再次撞见法蒂玛，摄影师给她们拍照，那就倒霉透顶了。

柯诺瑞娅转悠到了游泳池边。她非常高兴地注意到多数太空探险队员已经离散。一位小伙子正在游泳池中尽情畅游，两名服务员在游泳池边观看。她摇曳多姿地款款踱到池边将服务员打发走。那小伙子爬上游泳池坐在池边歇息时，她仿佛觉得那小伙子一丝不挂，但是她仔细端详时方才发现他身着一套灰白色的服装。这种服装薄如蝉翼，这是她第一次看见这样的服装。那小伙子不过18岁左右，站起来猫着腰然后优美地栽进池水中，潜游一段距离，然后冒出水面，喷吐水雾，将压在脑门上的金发抹向脑后。他一眼瞥见柯诺瑞娅就立即冲她微笑。

"水温怎么样？"她问话时将一只手浸在池水中。池水冰冷刺骨，她不禁着实大吃一惊："我的上帝！肯定你被冻僵了！这池水居然没有加热！"

"我觉得好久没有这样舒服过了。"那小伙子双手扶着游泳池边说。

"你身穿的是什么服装？我生平没有见过这样的衣服？"她饶有兴趣地急问，同时禁不住赧然而笑。

"说真的，我也不知道怎样来命名。"那小伙子抹着他的金发甩掉水珠说，"我在太空探险时从希斯星球奥普尔帝国商人那里选了一件这种服装。平常我总是将这服装穿在里面，外穿制服。但是我很久很久没有游泳了，今晚见了游泳池就禁不住穿着这一身下去游了几圈。因为穿这一身游起来根本就不会觉得冷。"

"真的？我可以触摸一下吗？"她用指尖轻柔地摸了摸他三角肌和二头肌处的衣服。她获得的手感是那服装像皮肤，只是比皮肤更光滑，根本没有毛孔和汗毛给人的粗糙感。"如果气温升高，你内穿这一身外穿其他衣服你还受得了吗？"

"这种服装能够根据不同的天气而自动调温，永远使体温处于最佳状态。其实身穿这种服装没有任何负重感，而完全是一种妙不可言的裸体感。有时穿上这种服装好几天还以为根本就没有穿，于是就常常忘记了脱去。"说到这里小伙子在体态丰腴穿戴得令人眼花缭乱的柯诺瑞娅面前显得失魂落魄，手脚无措。突然，一个声音从柯诺瑞娅身后传来，使他不禁抽搐了一下。

"哈佛德！穿上衣服！你这样成何体统？"

"遵命，头儿。"小伙子说，然后他悻悻离开。柯诺瑞娅仔细注视着小伙子线条优美的臀部，显然，迄今为止地球上的任何材料尚不能做出那样的服装。她身穿紧身服所显露出的优美的体态已经使人赞不绝口。假如她能得到那样美妙绝伦的服装，能够身穿那样的服装去滑雪去游泳，那该会倾倒多少人？那该会使多少女人瞪大眼睛，放射妒火？那她该会怎样得意！怎样自我陶醉！

"我希望他并没有搅乱你的心绪。哈佛德这小伙子是不错，不过最近他的一些言行显得很古怪，也许我应当送他去接受心理疗法。"道格拉斯说。

"哦，求你别这样。跟他交谈，我觉得是一种妙不可言的享受。除了你和热斯克希大使外，我觉得他是唯一不使人觉得枯燥乏味的人。嗯，咱们走吧。"柯诺瑞娅依偎着身材高大的道格拉斯消失在夜色中。

第二天，柯诺瑞娅乘一辆银灰色的豪华小轿车来到爱克尔商场外星人服装经营店。柯诺瑞娅妖娆地向大楼款款摇去，踩踏过红色地毯后大门自动打开，一位颇有风度的男推销员急急忙忙地迎上来向她报以礼节性的微笑。

"我专程前来是因为我得知爱克尔商场在经营从希斯星球奥普尔帝国进口的商品。爱克尔商场一向服务热情，你是否可以让我看看那些商品？"

"尊贵的小姐，我们进口那些商品是严格保密的。现在政府尚未检验这些商品并批准销售。一旦我们开始销售，顾客肯定会蜂拥而至，争相抢购。不过，对你来说，尊贵的小姐，总是可以例外。"他对柯诺瑞娅点头哈腰，直赔笑脸。

"也许你知道我喜欢体育运动，爬山、滑雪、游泳，诸如此类的户外体育运动。最近风闻你们从希斯星球奥普尔帝国进口了一批神奇的服装。这种服装无论在什么天气下穿起来都是给人以绝对的舒服感。但愿我有幸能够看一看这样的服装。"

"哦，天啊！是谁走漏了消息？尊贵的小姐，这可是应当绝对保密的哟。请你在此稍候片刻。"他立即闪进一间小屋，然后拿着一个只有香烟盒一般大小的非常精致的小盒子转身回来，轻轻地放在柚木桌上，恭恭敬敬地揭开盒子。盒子中是一小堆东西，像揉皱的肤色丝绸，只有婴儿丝袜一样大小。这完全出乎柯诺瑞娅的意料。柯诺瑞娅胖嘟嘟的手指小心翼翼地拈起这件极小的东西，手感觉不出任何重量，眼看不出什么形状，当然有两大两小的纤纤细管。是衣袖和裤腿？这玩意儿还不足10英寸长哩。柯诺瑞娅终于忍不住惊叹了一口气，说："这也太小了嘛。"

"嗯，不小，不小。就这种尺寸，男女老少高矮胖瘦均可。袖珍婴儿可穿，1.9米以上的高大男子也可穿，并且穿起来同样贴身合体。这种服装除了具有调控出人体最佳体温的功能以外，还具有许许多多令人难以置信的神奇的特征哩。"

"哪些特征？"

"嗯，一般来说，穿上这种服装以后，只有头部颈部两手和两脚显露在外。但是天气寒冷时，这种服装会自动生长出来，具有无与伦比的最佳御寒效应。"

"还会生长？"柯诺瑞娅惊得直眨眼睛，"你是说它还有生命？"

"嗯，这种肤衣会吃，那是吃人体的各种废物和分泌物，例如，汗水、死亡的皮肤细胞，甚至……"因为难以启齿他放低了声音，"甚至不必脱去这肤衣也能正常地排泄，不管是液体还是固体。如果脱去肤衣，人就有刚刚出浴后的那种舒服感和清爽感。"

"这听起来确确实实是一种最理想的健美衣和运动服。"柯诺瑞娅心中开始激动起来。

"其实，军事官员们对这种肤衣饶有兴趣。不出一年时间，我们这颗星球上的每一位士兵都会换上这种肤衣。"一听此言柯诺瑞娅就觉得兴味索然。推销员急急忙忙地补充道："当然，如果你现在就来一套，那么至少在半年之内你是唯一穿着这种服装的人，你仍然领导着肤衣新潮流。"于是柯诺瑞娅的兴趣又陡然回升，并且盎然起来。

柯诺瑞娅一想到她优美的体态身着这神奇的肤衣一定能够产生轰动效应，获取辉煌的成功之时，她就觉得一股快慰莫名的暖流从她心窝中心向全身扩散。她气急地说："给我来一套，就这套，甭包装了。"她紧紧地抓住盒子，好像它会展翅飞走一样。

柯诺瑞娅在寓所精心细致地翻看她的肤衣，无论如何她很难将眼前这皱巴巴的小玩意儿与她所见的那位小伙子身穿的那件光滑的能充分显示人体线条美的肤衣联系起来。不管怎么想最好还是先试穿，她异常激动，浑身在微微颤动，急急忙忙地脱下外衣。

怎样穿呢？她仔细研究了一下，表明没有办法不从肤衣颈口自下而上地穿。她将手指插进颈口，然后将肤衣轻轻扩张开，像小小的气球很容易被吹大一样，可见这肤衣柔软性和扩张性之好。肤衣好像并没有前后之分，她先将一只脚穿进，然后推及大腿，肤衣紧贴在她的腿上，没有任何褶皱，也没有任何紧绷感，脚从中伸露出来，裤腿口圈在她的踝关节处，不能再往上提拔。另一条腿也非常容易地穿上了。她深吸了一口气，胸一挺腹一收就将肤衣提上了腰，最后衣袖也很容易就穿好了。肤衣穿好以后，她感觉到是一种极其舒服的裸体感。

接着她走进三向穿衣大镜前全方位地端详效果。她看起来像剔刮过汗毛一样，皮肤也像涂抹了脂粉，显得光彩照人。不过，不妙不雅的是，她不能在公共场合穿这一身。她的一对乳峰微微下坠，肚脐眼以下有一道凸鼓凸鼓而柔软的肉弧。她曾在玛伽卡医院花去了数千美元动外科手术来切除那些脂肪，但是结果仍不令人满意。她的腰围开始变粗，臀部显得过于丰腴，开始有下坠的危险。女人就像鲜花，开得越鲜艳，便越容易凋谢，而风华正茂英俊潇洒的男人却能较长久地经受风雨的侵蚀。这似乎是上帝不公平。她芳龄不过29岁，人们都说她是世界十大美女之一，其实这里所指的世界不过就是昨天晚上的晚会。无情的时间的刻刀将刮走她的美貌，她觉得危险、可怕，莫名的悲凉。

这时电话铃声打断了她的思绪，她迈步走向电话机时突然觉得以前即使她赤身裸体也没有现在这样轻松自如的感觉。

电话是道格拉斯打来的。她镇住涌上心来的恼怒。但是道格拉斯英俊潇洒，也经得起百般挑剔，是当今天下名声最大的男人之一。想到此，她禁不住高兴地说："亲爱的，听到你的声音就令人心醉！"

"柯诺瑞娅，我知道你是一位喜欢户外运动的姑娘。咱们去苏黎世滑雪怎么样？"她思忖片刻，现在没有人去苏黎世滑雪，她显露出的新时装就没有人赞赏。"咱们到日本北海道去吧。"她说。

"那太妙了。我去预订机票。"

"那你就别费神了。"她立即打断他的话。"咱们在机场相见。我有这季可乘坐任何航班的机票。"

四天以后柯诺瑞娅回到家里，她走向三向大穿衣镜前照看她的肤衣是否有磨损的痕迹。她照看上半身，觉得已经起了一些变化。她仔细照看胸围线以下，发现腹部的褶皱已经消失，变得相当平滑。她继续往下端详，她的小腹已经不再凸鼓凸鼓了，实际上已经在开始往里凹陷。她竭力镇压住升腾起来的兴奋感，随后轻轻地侧转身，看到她自己腰肢苗条起来了。不可思议，这简直不可思议！在北海道就四天滑雪时间竟还给她19岁时的少女身段。她轻轻剥下她的上半身肤衣，肤衣慢慢脱离开她的肌肤，好像依依不舍。肤衣一脱下，她的胸部便像以前那样下坠，肤衣一穿上，便美丽地挺拔起来。

接着她进一步推想：肤衣已与自己相依为命，不可分离。肤衣减去她多余的脂肪，使她身材健美，充满青春的朝气，永远保持少女的魅力。如果那位推销员没说假话，那么她可以穿几个月而不必脱下来。也许她是应当永远也不必脱下来。她核查日期，至少乐意先试穿一个月。

K-2山脚下的宿营地空空荡荡的。因为天寒地冻，那些为减肥而参加登山运动的富豪们躲在四星级的宾馆中纵情享乐不肯出来，柯诺瑞娅也在其中。她对无与伦比的喜马拉雅山的雪景赞不绝口。当很多优秀的滑雪者已经离去时，她仍然留了下来，她说不清是什么原因。不过她有一种强烈的愿望想要提高她的登山技巧。虽然独自一人，觉得异常的怪诞和苍凉，但是她并不介意。在这四星级的宾馆中她一直对水生贝壳类食物有很好的胃口。

柯诺瑞娅身着肤衣，脚登银光闪闪的登山靴参加一次晚会，成为最有轰动效应的人物。在场的每一位女人都直问她的时装设计大师的名字。特有的嫉妒使她们脸面顿时就变成菜色！自从她25岁以来在年轻漂亮的女人堆中她第一次有了安全感。

她半夜一觉醒来，看到月华如水，泄淌在阳台上。几点钟了？她一看床头柜上的夜光钟，2点了。她醒了很久，一直睡不着。她轻轻钻出被窝，悄悄走出户外。寒气袭人，她身穿的肤衣立即开始生长开来，遮盖着她的面部和发际，只留下嘴、眼和鼻孔在外。她陡然有一种小虫在身上蠕爬的感觉。在此之前这肤衣从没有长得这么快，也没有覆盖她那么多的部位。蠕动感过去之后，她顿时就觉得无比的惬意，犹如在夏日的晨曦中身穿游泳衣走向法国的戛纳海滩，扑进蔚蓝色的海水之中。然后她冲上楼，穿上登山靴，拎卜装有鹤嘴镐和登山用的钢锥的工具，戴好头盔，戴好太阳镜，又在她纤细的腰上绕缠了一些登山绳，背着呼吸保护器。一切准备就绪之后，她从阳台下跳4—5英尺，降落在松软的白雪之中。她机警地扫视四周，四周确实无人。然后她独自从一条小道开始往上攀登。

初升的太阳照耀着她在很高的雪坡上攀爬。虽然整个夜晚她在月光下不停地攀爬，没有歇息片刻，但是并不感到疲乏，手脚并不酸软。现在她坐在一块岩石上，脱下靴子按摩双脚，然后站立起来四处眺望，觉得她身穿的肤衣在发生变化。她查看双脚，脚下的肤衣已经增厚，形成了肉脚垫，脚跟处至少有1英寸厚，她再次站立起来时，觉得轻轻松松，比穿着靴子舒服多了。

接着她又猫着腰取下头盔，将头发平压在头顶上。她马上感觉到肤衣从发际，从四周长上来，最后将她的头部封盖住了，犹如戴着一个光滑的薄盖帽。于是，她就地扔掉靴子和头盔，继续往上攀登。

这时一只糠虫或蛴螬之类的虫在身边的一块岩石尖上蠕动，吸引了她的注意力。她将那条虫拾起来，左看右看，觉得非常奇怪。在这么高的海拔在这样的冰山上怎么还会有生命体呢？这里是生命的禁区呀！她拈着这条虫在恍恍惚惚的神情之中抬起沉重的手将虫送进嘴嚼食。

其味奇苦，她立即觉得天旋地转，昏天黑地，一下栽趴在雪坡上翻肠倒肚地呕吐，一吐一摇头，然后抓起雪送进嘴漱口。苦味过去，她仍然头重脚轻一片眼花。这到底是怎么一回事？她有一整天没有进食了，并且现在又缺氧。她应该下山了。但是她硬撑起来，继续艰苦地攀爬。

今天是什么日子？她的意识已经昏乱了。她心里清楚，可怕的错误正伴随着她。她连续几天不停地攀爬，没吃没喝也没睡。她马上就要接近山峰了。其实，那只是她的幻觉。以前从没有一个人能够独自攀登上K-2山峰。现在她清楚：她只得慢慢饿死。她看到她的四肢在明显地消瘦下去，她的大腿已经比膝盖更细了。但是她觉得心中仍有一种强大的驱动力在推动她往上爬。

在一座小山峰下她发现了一个冰崖。冰崖嵌卡在一个狭窄的山峡，像一个微型冰川。她走向冰崖，用鹤嘴镐和钢锥挖凿冰面，其动作非常缓慢，非常笨重。不知过了多久，她终于在冰崖上挖凿出了一条小道。这时她仍有部分意识，仍然感到痛苦。那一定是肤衣。爱克尔商场的推销员的话仍然在耳边回响："……不出一年时间，我们这颗星球上的每一位士兵都会换上这种肤衣……显赫的政界大人物都暗中打招呼，要我们给他们多留几套……"

在她开凿的冰洞里，她又凿出个冰壁台，然后堵住部分入口，只留下一个较小的洞口。最后她将冰洞三壁打磨得像镜面那样光滑。一抹夕阳的金辉从洞口斜射进来，映照在冰墙上，她照看到灰色的肤衣几乎已经炭黑，她的四肢瘦得令人恐怖。最令人恐怖的是她照看到一个平面三角形的东西开始扩展到她的面部。这个三角形是由一层盘曲的薄膜所组成的。她不由得联想到希斯星球奥普尔帝国大使的那张脸。

她坐在壁台上，柴棒一样的手合抱着柴棒一样的腿，尖削的下巴放在膝盖上，闭上双眼，开始凄厉地哀号。她哀号了很久很久，最后肤衣生长出来封严了她的嘴。

（罗祥秉　译）

太空少年诺曼

〔澳大利亚〕默文·德穆普西

星期六的早晨，15岁的格雷戈和14岁的弟弟史蒂夫正在踢足球。他们12岁的妹妹约兰达正在不远处忙着拌好一些食物，放进篮子，然后悬挂在树枝上喂野鸟。突然，球被史蒂夫一脚踢飞，滚进了桉树丛。于是，兄弟俩钻进树丛去找足球，要知道，他们家的后院有学校的操场那么大呢。

正找着，史蒂夫的脚被什么东西碰了一下。他低头一看，原来是个英式足球那么大的小球，奇怪的是球体表面罩着一个紫色的光环。他忙喊来格雷戈，可是格雷戈也不知道这是什么东西。更让他们奇怪的是，这个小球居然摔不坏，无论怎样往地上扔，快到地面时，这个小球就停住，再也不动了。他们飞快地跑回家，把球拿给爸爸看，可是爸爸也没有见过这玩意儿。爸爸从车库里拿来榔头和凿子，想打碎它，看看它到底是什么东西。可是，榔头像打在橡皮上一样，猛地被弹了回来，而黑色的球依然闪闪发光，上面没有丝毫的痕迹。到了晚上，这个球竟然让家里所有的电器都转动起来。全家人大惑不解，谈论了好久，也弄不清究竟是怎么一回事，只好睡觉休息。

天快亮的时候，格雷戈被一种声音惊醒。他爬起来掀开百叶窗向后院一看，顿时惊讶得喘不过气来。因为他看见一个银灰色的飞船正徐徐飘落在后院的草坪上。飞船大约有 10 米长，5 米宽，中间大，两头尖。一条又薄又平的带状物，大约两米宽，突然从中间发出亮光。接着，飞船出现了一个门，里面走出一个非同寻常的小动物。格雷戈马上把全家人叫醒，大家在窗前一起注视着这个奇怪的来访者。小动物静静地站在飞船门口，好像正在向房子里张望。除了头之外，它周身裹着一种闪光的橘色物质，头上戴着一顶黑色的大钢盔，比宇航员戴的帽子要大得多，而且没有一个孔洞。小动物的躯体很小，四肢又细又长。突然，他们看到小动物以惊人的速度爬下舷梯，朝房子走来。大家吓得打开了电灯，爸爸拿来一支上了子弹的来复枪。小动物出现在他们面前，慢慢举起一只手臂，出现了一道蓝光，像有一股冷风朝他们吹来。他们发觉自己不能动了。接着，小动物进屋拿走了那个黑色小球。但是，像是表示歉意似的，小动物又拿出五个更小些的黑球留给了他们，然后乘上飞船急速离去。当然，它走前没有忘记又发出一道闪光，让格雷戈他们又能动了。

第二天晚上，飞船又来到了他们家。不同的是，那个小动物这次带来了一个穿着一身蓝的同伴。和上次一样，小动物进屋拿走了昨天留给他们的那五个小球。这让史蒂夫觉得它很小气，送了人家的东西又要拿回去。可是接下来的事却让他们都很吃惊。当小动物把球都给了那个蓝色同伴后，那个同伴举手把小动物打倒在地，然后乘船而去。

爸爸和哥哥跑过去扶起了小动物，他们发觉小动物很轻，而且居然对他们说话了："谢谢你们，我现在会好的，请把我放下。"大家发现小动物的头盔似乎是空的，这让小约兰达很害怕，于是小动物就变成了一个和史蒂夫的广告画上的摩托车手很相像的青年人。

青年人向大家介绍说他的称呼符号是 NO12R93M24A74N—23，缩写为 Norman（诺曼）。他是从 D4 星系的第五行星上来的，那个星系的周围有很多恒星，近的就有 1000 个。他说话的速度非常之快，为了能和人类交流，他的脖子上戴了四颗银灰色的珠子，能把他的话翻译成人类的语言，又把人类的语言变成他们的语言。诺曼说，在第五行星上，他通常是作为一个思维单位而存在的，这种思维单位跟通信网络和计算机存储单元联结在一起。他的工作是进行思维，发现宇宙的新知识。为了完成这一任务，另有1000万个思维单位跟通信网络相联系。他们与人类不同，没有躯体，而是一种泡状能，当他们的星球上有建设或修理任务时，就有许多像他这样的单位从泡状能变成适合工作要求的形体。这种形体要能承受高炉中的高温或深海的张大压力。在千百万年以前，他们的祖先是有躯体的，然而，他们早已跨过了那个进化阶段。同时，像地球上一样，他们的星球上也存在着低级形式的生命，他们保留着它们，是为了查看对进化的认识。低级形式的生命与大自然保持着天然的生态平衡，无须消耗他们星球上的资源。他们自己需要的资源非常少，最大的需要就是能量，几乎一切能量都是从他们的太阳上得到的。如果缺少不断的能量供应，他们都会死亡。他们几乎不需要食物，因为在他们那儿，有躯体的人为数极少。他们之所以存在，仅仅是为了思考，也许还做一点梦，因为从梦中也可以得到知识。

诺曼还说，他是他们那里第一个访问地球的人。他们定期这样探险旅行，是为了寻找新的、可以生活的住地，寻找矿物，寻找像他们那样文明的星球。尽管已经发现了一些有生命的星球，但是发展到他们那样水平的极少。像地球这样还相当原始，要赶上他们那样的文化还需要几百万年。但是在他们那个世界里也并非万事如意，仍然有他们的一些小问题。像今天把他推出飞船的那个家伙，是他们的飞船队长，一个十分自私的人，尽管他们星球上的所有坏蛋早已进行了成百上千次的脱胎换骨的改造，但是还有一些这样的人不时出现。

诺曼回答了大家的各种疑问，显得有些累了，而大家这时也都很疲倦了，于是妈妈建议大家先睡觉，有事明天再谈。当然，他们在沙发椅上也给诺曼铺了个床位。第二天天刚亮，格雷戈就一骨碌爬起来，去看诺曼醒了没有。可是他看到睡椅上空无一人，他急忙喊醒史蒂夫，两人一起四处寻找。结果，在后院的车库门口，他俩看见诺曼正用几台收音机的零件安装信号枪，好跟他的星球取得联系。

"可是，把信息从这里送到你们的星球需要几千年的时间啊！"格雷戈惊叫起来。"我想，信息大约只需要10个小时就可以到达，再过12小时就可以得到回答。这就是说，假如我今晚10点钟发出信息，飞船将会于明晚太阳落山后不久到达。"诺曼这样回答。

"诺曼"，格雷戈耐心地问："你不是说你的家在另一个星系吗？而离我们最近的星系在9万光年以外，换句话说，以光速旅行，到达那儿，也要这么长时间！""啊，我明白了！"诺曼说，"原来你们以为我们旅行，传递信息是以你们地球上的时速进行。我们在星系之间旅行，时间仅仅花费在加速和减速上，这用不了多长时间。后天，新的飞船一到达，我就做给你们看，你们也许会发现这件事不可理解。"

诺曼指着刚从爸爸的汽车里拆下来的袖珍收音机说："啊！好孩子，你再拿六个这样的原始收音机，我就给你们示范。"爸爸气急败坏地说："你为什么不先问一问，这些收音机能不能拿？""你们的生活方式真有趣，"诺曼说，"在我们第五行星上，如果需要什么东西，尽管拿好了。""假如别人也需要这种东西怎么办？"格雷戈问道。诺曼笑着说："嘿，那你就拿另一个呗！""你们不花钱买吗？"史蒂夫还是不明白。诺曼想了一会儿，便开始解释："我们没有钞票，我们使每一个人应有尽有，各取所需。由于我们在大部分时间里没有躯体，所以需要的东西很少。"

尽管大家不太理解诺曼他们星球上的规矩，但是还是帮助诺曼找来了收音机。到了晚上，诺曼终于装好了信号枪。他取出黑色小球，脸上显得很庄重："这个小球是我同家里取得联系的唯一希望，它将成为信号枪的能源。假如我弄错目标，我的信号就不会被接收，我就要被丢在这里，也许被永远丢在这里。"妈妈深表同情，说："诺曼，不用担心，你在这也好啊！我们关照你。"诺曼眨了眨眼睛说："请放心，我不会成为你们的包祆，我想，凭我的知识，我在你们这个世界里是可以应付得过去的。可是，我将十分想念我所有的老朋友。"

"诺曼，你家里有妻子吗？"妈妈问。诺曼环视了一下这一家人，说："这一点对你们来说，可能有点难以理解，我们的星球上没有男女之分。旧的思维个体变老，逐渐消失时，新的思维个体便从成熟的思维个体中分裂出来。这有点像你们的细胞分裂。请不要忘记，我们通常是没有躯体的。在我们从躯体中演变过来之前，我们的体型就已是你们未来发展的那种体型了。""那么，诺曼，你们那里的人看起来像什么样呢？"史蒂夫兴致勃勃地问。"哦，同你们差不多，两只眼睛、两条腿、两只耳朵、两叶肺。可是，我们的大脑已进化成为两个完全独立的部分，你们大脑的每一部分，只控制身体的一半。大脑一受伤，对人就太糟糕了。此外，我们有两颗心脏，这就安全多了，而你们只有一个——太危险了。"

诺曼准备好了一切，又让大家离得远一些，然后就向他的星球发射了信号。大家只看到几道耀眼的光束照亮了整个后院，紧接着就是响亮的咔嗒声。

这天晚上，格雷戈的朋友、住在邻院的女孩儿杰克也看到了光束，于是，格雷戈把杰克也介绍给诺曼。

第二天晚上，大家都在后院陪着诺曼等待飞船的到来。到了10点钟，格雷戈第一个看到飞船，激动地大喊起来。飞船像一个浅碟倒放在另一个浅碟上，两碟相接处，有一个凸起的球状物。飞船在月光下闪烁着银白色的光芒，空气中有一种特殊的气味。

诺曼走进飞船，在里面待了一会儿，像是在跟谁商量什么，然后，门又打开，诺曼满面笑容地邀请大家进去参观。大家当然不愿放弃这个机会，于是都登上舷梯，挤进一个大约长2米、宽1米、高2米的小房间。这个小房间是密封的，墙壁发黄，光线还显得充足。房间另一端的门打开了，出现了一条通向两个方向的狭窄的过道。诺曼领着大家向左走，他指着一个小门说："这儿是空气供应间，可以使空气始终清新。"他领着大家，沿过道走向另一个门："这儿是我们的控制中心，这些机器控制着飞船上的所有机件，使这艘飞船能够顺利地工作。……喂，请大家看看这个房间，"他一边说，一边把大家领到隔壁的房间："这儿有专门收集情报的部件，因而，控制室里的机器能够正常工作。"接着，诺曼又带着大家看了计算机室、备件储藏室、宇宙服储藏室和其他一些房间，里面储存着许多奇形怪状的设备零件。

他们沿着过道，一直走了好长时间。爸爸疑惑地问："现在，我们该不是又回到入口处了吧？""难道你没有注意到我们一直在一个像蜗牛壳般的螺旋形里走着吗？"诺曼答道，"我们现在站立的这个地方，几乎就在飞船的中心。看，绕过这个角落，就是飞船的尾部了。"他们看到，呈现在他们面前的，只是一个直径约3米的巨型圆柱，没有门。"这里面是飞船的发动机———一个质能转换器。你们进去太危险，就不好让你们参观了。这个东西能使少量的物质，例如普通的粉笔，转变成大量的能量。这种能量可使飞船高速运行，而且几乎没有热量及辐射产生。你们的科学家在大约50年后才可能发现这种能量。"

接着，诺曼又带着他们参观另一条通道里的房间。过了一个拐角，光线略呈绿色。他们走进了一排排小室，每一间都有一张睡椅，似乎是用一整块透明的塑料做成的。"那些东西是干什么用的？"杰克问。"是专供星际旅行用的，"诺曼说，"我们预订的这些床位，足够你们几位住了，如果你们愿意进行一次时空旅行的话。"过道的顶头，是诺曼他们的起居室。然后，他们乘电梯参观了飞船下半部分的小居室、洗澡间和厨房。最后，他们乘电梯来到上半部，这儿很像一个乒乓球的上半部分。诺曼让大家坐在屋子中间的椅子上，按了两个旋钮。大家吃惊地发现，抬头可以看见迅速出现在夜空中的繁星和月亮，低头可以看见树木和屋顶阴影的轮廓。诺曼转动一个小球，上面能呈现出任何一个方向的景象。

接下来是大家盼望已久的事情：诺曼邀请大家做一次环球旅行。大家赶紧坐好。飞船一开动，大家感到胳膊、腿就像捆上铅一样沉重，肚子感到很不舒服，就像乘高速电梯似的。"我们要爬上200公里的高度，才能向西赶上太阳，绕地球转一圈。"诺曼宣布说。过了大约10分钟，他们看到太阳正从地球的边缘急速升起，从太阳表面升腾的火焰，比地球的直径还要高三倍。随后他们从飞船上看到了非洲、南美洲、撒哈拉大沙漠，甚至能看清下面的一个岛屿、一艘轮船或一架飞机。大家还没来得及细细品味，飞船已经又回到了格雷戈家。而时间只用了不足一个小时。

约兰达用明亮的蓝眼睛看着诺曼："你现在有了宇宙飞行器，你打算干什么呢？你要离开我们吗？你准备回家吗？"约兰达的话，正是大家都想说的，大家默默地望着诺曼，等待他的回答。诺曼知道在短短的几天里，他已经和大家结下了诚挚的友谊，他看着大家，慢慢地说："我很想多住些日子，可是，我必须马上回去，不然我的朋友们会为我担心。布朗夫人，也许在我走之前，"他转向妈妈，"你和布朗先生会允许我带上孩子们进行一次短暂的旅行。也许我们要到星际间去，还可能对我的家乡所在的行星作一次快速访问，你们也愿意一同去吗？"爸爸和妈妈摇了摇头，他们有点吃不消，可是孩子们却都高兴得跳了起来。

妈妈疑虑地问："诺曼，安全吗？旅途需要多长时间？"诺曼笑着说："绝对安全，如果不安全，我会请他们去吗？至于时间，至少一天，两天更好。""什么时候？诺曼，什么时候？"史蒂夫叫起来，他恨不得马上就走。"孩子们，我看就在周末吧，这样不会耽误你们上课。"妈妈果断而又权威地定了下来。"这次星际旅行，只好在星期六清晨进行，并且，必须在太阳出来之前开始。"诺曼解释说，"我们尽可能在夜间起飞，在夜间降落，避免打搅那些可能看见飞船的远离文明世界的人们。以往发生的类似情景，曾产生过各种各样的影响。有时，这种情景被看做世界末日的前兆；有时，一些部落惊慌地逃离了他们的村庄。原始的居民，根据自己看见的宇宙飞船和宇宙人之类的景象，甚至虚构出了宗教和上帝。"

尽管孩子们觉得时间过得比以往要慢，但是周六还是如期来到了。孩子们早早地就起来了，穿戴整齐，等候出发。杰克也跟父母请了假，但是没有告诉家里真正的原因，只是说要到格雷戈家过周末。孩子们跟爸爸、妈妈告别、亲吻，登上了飞船。诺曼向爸爸、妈妈挥挥手说："不用担心，他们将会比过马路骑自行车还要安全。我保证把他们平平安安地带回来。"

飞船开始上升，爸爸妈妈变得越来越小，一会儿就什么也看不见了。"喂，宇宙的伙伴们，"诺曼说，"我们不打算在太阳系的这些行星上浪费时间，而是要直奔我们的星系。为了很快到达我们的星系，我们不得不用一种特殊的方式旅行。飞船正在加速，快，我们要做好准备。"他把孩子们领到一排睡椅前，教给他们如何进出装有睡椅的船舱。孩子们迅速钻了进去，诺曼开始讲话："我们正在接近光速。我们的身躯已蜷缩成一团，整个飞船已经变得跟篮球一般大小。然而，你们并没有意识到这点。我们很快就要变成豆粒那么大。待到超光障的那个时刻，我们将变成另一种形态。到那时，我们谁也看不见谁，我同你们在精神上保持联系，因为你们听不见我的声音。从现在开始，无论你们做什么事，都绝对不能把舱门打开。等我说安全了，才能打开。"

诺曼好一会儿没有讲话，孩子们注意到天空似乎变得明亮起来。格雷戈扭了一下头，想看看杰克是不是也意识到了这点。可是，无论向什么地方望去，他能看见的，只是一片浩瀚的紫黑色天空，繁星密布，闪闪发光。诺曼的声音又响起："大家镇静点，不要动，我们所处的这种形态不会很久。我们就要减速，恢复正常的速度。我们已经越过了光障，但仍相互看不见。现在，我们正贮存时间。只要我们继续以直线向我们的星系飞行，并沿原路返回，除了加速和减速消耗时间以外，我们在旅途中不会损耗时间。你们一定会说，我们的旅行根本没有花费时间。"

"如果你们向右看，很快就会看见一种非常有趣的景象。快要到参宿5

星座了，这是你们正南天空中的一个最大星球，"诺曼继续说，"参宿5星座使你们的太阳显得很小。它的半径，大约相当于太阳到你们称为金星的那颗行星的距离。或者，你们愿意这样想的话，它的直径约为二亿二千五百万公里。它的确是你们宇宙空间的一颗巨星。它虽然很大，但我们离它很远，不会伤害我们。"

格雷戈把这颗星跟地球夜空的月亮做了比较，感到异常惊愕。这颗星距他们非常遥远，但看起来居然有足球场那么大，长长的红色火舌，在这颗看起来皱褶不平的星球表面上跳跃、翻腾。

"现在，你们可以看到你们的星系——银河系的美妙景象。你们离它挺近，能仔细看清了。"

听了诺曼的话，他们往下一望，看见银河系犹如一个巨大的轮子，在他们下面展开，它的中央，嵌着一颗沉重的圆球。

又飞过了许多星球，前面出现了一个星系。"我们现在已经来到我们的星系，我们正在接近一个星球。我想，你们一定会感兴趣，我们要放慢速度，仔细地看一看。"诺曼一边说，一边让格雷戈他们钻出船舱。他们来到控制室，可以看见他们正在接近的这颗行星。

"诺曼，那是你们的行星吗？"约兰达高兴地问。"不，这是我的祖籍行星。"诺曼沉重地说，"许多许多年前，我们行星上需要的许多物质开始荒歉。那时，我们的文化很发达，我们的人民住在宽敞的、漂亮的楼房里，看起来不缺少任何东西。可是，维持这种豪华生活的原料开始枯竭了。我们星球上的一部分人，对另一部分人发动了战争，因为他们总想多得到些东西。和平稍一恢复，我们的领导便决定寻找另外的行星，向那儿迁徙，另择家园。建造可用的宇宙飞船，花去了许多年时间。在我们离开之前，许多贪得无厌的集团，又开始了许多小型的战争。我们的'行星警察部队'无法完全控制这些人。当我们迁走的时候，正在打仗的那些人不得不被留了下来。在我们的人民当中，有许多人不愿意改变他们陈旧的生活方式，接受新行星上将要实施的生活方式。我们的英明领导，制定了严格的规章制度，规定了如何生活，以确保新行星上的原料不被浪费，并能持续许多代。对于食物、衣服以至住房，严格限制在需求的范围之内。一切机器归人人所有，以便能够最广泛地利用。不许浪费任何东西。现在，我们祖先的亲属要加入我们的行列已为时太晚。我们能够接受变革，因而我们在不断地进化，从而我们的本身也发生了变化。我们的祖辈总不愿接受变革，因而至今一点变化都没有。他们使我想起了你们地球上的蚂蚁——5000万年以来，它们几乎没有什么变化。"

当诺曼讲完话的时候，飞船在它下面那颗行星的高空暂停了一下。远远望去，这颗行星没有什么与地球不同的地方。透过浮云，下面是大块大块的陆地和海洋。诺曼又调整了荧光屏，他们看见了溪流、山脉和植被。接着，他们看见一个小湖泊，湖边住着人，准确地说，一共有四群，每群约有六十人之多，沿着湖泊的一边站成一排。每一群都由男人、妇女和孩子组成。除两点外，他们和地球人很相似。他们的头呈心脏形状，身躯瘦得吓人。从他们的行动来看，好像白天的活动才刚刚开始。有几堆火正在燃烧，一些人还在睡觉，而另一些人正在吃饭。四组男子正在集合，看起来是一个庞大的狩猎队。其余的男子正在向小溪上游走去，手里拿着细长的杆子，看样子准备去钓鱼。这情景跟地球的原始部落生活简直相差无几，但接下来的景象却让飞船里的人们大吃一惊。

他们看到狩猎队带着弓、箭、飞镖、粗制的斧子及一些形似尖铁的长矛，登上了一座贫瘠的、布满岩石的小山，越过一片灌木丛和一片开阔地，悄悄地靠近了另一群人。那是一个小村庄，房屋简陋，离村子不远处，一群妇女正从树上采集硬果，另外有一些男人拿着长矛看管着那些妇女。狩猎队用箭射伤了一位看管者，又射死了一名年轻的姑娘。

"他们真是坏透了，应该统统杀掉。"史蒂夫愤怒地说。诺曼看着他，摇了摇头："很早很早以前，你们的人民也是这个样子。假如你们仍以贪得无厌的方式生活，那么你们也会以同样的方式告终。"

"他们不是真正的坏人，他们的所作所为，只是为了生存。1万年以后，这个行星将会充分地恢复到一种简单形式的文明。当然这还需要我们居住的行星的尽力帮助。"诺曼说，"好啦，今天就讲到这，我们上床休息一会儿吧。明天，我要让你们看看我所居住的行星。"

第二天黎明的时候，飞船在一个行星表面大约100公里的高空迅速掠过。这个行星比地球略小一点，海洋比陆地也略多一点，并且只有一个极冠。诺曼使飞船在一大片陆地的上空停住。一个个环状的小片，整齐地点缀在下面的陆地上。

诺曼调整了一下屏幕，孩子们发现那些环状物原来是被灌木丛圈起来的小块土地。在每一块土地的中心，都有一座小小的圆形建筑物。"我们有围起来的圆形土地"，诺曼解释说，"因为我们农业的全部耕作过程都是自动化的，机器放置在土地中间的那个建筑物里，并在那里控制操作。每台机器都用电缆连接着，当机器犁地、播种或收获时，它自动向控制中心发出信息。""可是，这不是太浪费土地了吗？"格雷戈问。"请不要忘记，无论在任何时候，我们只有极少数人使用躯体。这就是说，同地球上的情况不一样，我们只需要少量的食物。况且，每块土地周围的灌木丛，又是害虫的天敌——鸟、昆虫和动物的栖息之地。我们用不着使用有毒的化学药剂，也不使用化肥。那些土地已经使用了2000多年，然而，仍与其周围的生物界保持着完全的平衡。我们的土地耕种一年，休耕一年，所以，那些土地仍可以持续使用若干万年。顺便说一下，这个行星上一年有410天，一天有28小时。"

"野兽不糟踏庄稼吗？"史蒂夫问。他看见土地周围根本没有篱笆。"是，糟踏一些，我们每年计划的种植总量中，包括了这一损耗。""嗯，要是我就不客气了。"格雷戈说："假如它惹怒了我们的农民，我们就要开枪。""破坏生态平衡是一件十分危险的事。你们杀死野兽，就有可能破坏生态平衡。在我们的行星上，还给野兽创造生存环境。好啦，让我们向前走走，看看我们的发电站吧！"

飞船直奔赤道。在拱形屏幕上，很快出现了一个低矮的平顶建筑物，上面有一座锥形小塔，就像蛋卷冰淇淋似的。塔的尖端，深深地插入建筑物。一行类似的建筑物，一直延伸到地平线上，陆地和海洋上都有。"这是我们的太阳能发电机组，是用来发电的。"诺曼说，"每一台发电机都能够做45°的转动，这种发电机环绕我们的整个世界。一系列曲形镜子把太阳光集聚到热能转换器上，然后热能使液体气化，蒸汽气带动发电机，工作原理同你们的旧式蒸汽机差不多。""雨天怎么办？"史蒂夫问。"我们有大量的天然瀑布和我们自己筑起的大坝，可以提供大量的水电，以备急用。况且，在同一时间内，不会到处都下雨。现在，让我们继续前行，看看我们的一座城市。"

当地球的来客第一眼瞥见诺曼指给他们的那座城市时，个个大失所望，这座城市同他们在地球上看过的城市相比较，简直太小了，可能容纳不了2000人，没有道路，所有的房子都是单层，并且紧紧地挤在一起。"哎呀，我还以为你们会有摩天大楼、单轨铁路和其他奇特的东西呢！"格雷戈说。

"在这儿，没有必要像你们地球上一样，要那么多的房子。"诺曼说，"这儿没有学校，没有警察局，没有监狱，没有医院。我们不需要，也不想要你们地球上那样的高楼大厦。""商业中心和停车场在什么地方？"约兰达插话问道。"啊！约兰达，别这么傻，他们根本没有这些东西！"史蒂夫替诺曼这样回答。他总喜欢利用一切可能利用的机会，纠正他妹妹的错误。"对吗？"她疑惑不解地问诺曼。诺曼点了点头。"他们应有尽有。有些东西天天都送，就像你们地球上每天送面包、牛奶、报纸一样。送来的食品全是现成的，只管吃好了。""是热的吗？"杰克问。"对，有些是。热饭保存在特殊的容器里，保温时间可长达一个星期左右。新衣服、干净的毛巾和床单，也是每天分送。"哎呀，那就没有什么家务活了。"约兰达说。"洗碟子怎么办呢？"史蒂夫也问道。"噢"，诺曼笑了笑说，"所有的碟子都要回炉，它们是用一种特殊材料制成的，很容易熔化。新碟子很容易造出来，供下一顿使用。食物残渣变成有机肥料，供农场使用，没有白白浪费掉的东西。然而，不要忘记，这里没有父亲、母亲，没有丈夫、妻子，没有小孩。他们都是工人，干一会儿活，就要回到思维中心去。他们需要的东西非常少。至于交通工具，他们使用一种反重力腰带，去各地漫游。这种腰带，能使每个工人每小时旅游50多公里，并保持距地面3米的高度。"

"真带劲儿！我要是能有这样一条腰带就好了！"格雷戈笑着说，"可是，它们是怎样工作的呢？""还记得你们发现的那个高能球吗？"诺曼说，"那就是我们飞船上的动力单位。一个用完时，我们就另换一个。这种高能球，很像你们汽车上的电瓶，但是能量比电瓶大多了。腰带上安装的，是一种非常小的球，就像我给你们玩的那一种。这种球能像喷气发动机一样工作，但没有热量，也没有噪音。它释放出的能量，能把系这种腰带的人推向空中，接着，就可以自由飞翔，想飞向什么地方，就可以飞向什么地方。"

接着，他们看到，工人们的房子非常小，还没有吉卜赛人旅行用的大篷车大，房子的形状多种多样，但所有的房子都有斜面屋顶，并向地面逐渐延伸下去，形成了一面墙壁。房子没有窗户，但墙是半透明的，这样光线可以直透过去。

格雷戈问道："诺曼，那边是什么？"他指了指远处的一座建筑物。它处在远处微微起伏的小山岭的褶皱中间——山岭太低，还不能称为山脉。太阳照射着这座建筑物巨大的嵌板，就好像许多六角形拼在一起，形成了有几层楼房那么高的一块巨大的水晶体。建筑物呈现出不寻常的淡紫色，表面看起来毛茸茸的。"那是一所思维中心。"诺曼说，"在我们不需要躯体的时候，我们就住在这种建筑物里。这样的思维中心，共有1000个，每一个能容纳100万个智力单位。"

飞船已经接近这所思维中心。诺曼指着一些似乎是从这个中心辐射出来的、像车轮辐条状的线说："每一条线就是一根电缆，同其他工作系统相连接，同你们的电话电缆差不多。电缆把所有的思维中心串联起来，并同能源和计算中心相连接。"他把飞船向前移动了一下，另一座建筑物便进入视野。这座建筑物呈圆柱形，直径约1公里，大概有20层楼房高。"那是计算中心。在这颗行星上存在过的一切信息都储存在计算中心里。每一个思维单位可以用无线电同任何一个计算中心取得联系，并且可以获得它所需要的一切情报。我们大部分时间花费在尽力得到更多的知识上面。有时，我们需要躯体来使用像放大镜之类的工具，并进行探矿一类的旅行，这就是我们为什么有时要有躯体的另一原因。"

飞船继续悄悄地飞越行星表面，从地球上来的旅游者看到了许多奇妙的景象。当然，他们对其中许多东西不十分理解。他们看到一个巨大的宇宙飞船停机场；看到许多美丽的建筑；在美丽的公园里，也看到不少珍奇的动物。这些动物都用壕沟或篱笆保护着，免得受天敌的侵害。为了建造动物园，他们从非常遥远的行星上带回了这些动物。

飞船一直没有着陆，诺曼看起来连一会儿都不愿意多停，这一点使孩子们迷惑不解。最后，他做了解释："我身负重任外出，现在已经返回。送我走的朋友会认为我目前的做法是浪费时间。甚至现在，他们对我的不满情绪仍在不断地增长。如果我惹怒他们，时间一长，他们就可能从天外抓回这艘飞船，等到他们争论完毕是否让你们走的问题，你们就很老了。有时候，他们要花费很长的时间，才能下决心做一件事。"

诺曼说："不管怎样，我认为我们最好还是先返回你们的地球。如果我们现在出发，我们就能在夜间着陆。好，大家快一点，都到小舱里去。准备好！我们不久就要穿过星系了。"

　　大家都钻进小舱，约兰达走在最后，眼里闪着泪水。"你很快就回到这里，可我们却再也见不到你了。"她低声对诺曼说。诺曼沉思了好久，然后轻声对她说："我真正的生活，真正的工作以及我成为现在这种状况的全部原因，都同我们的行星有密切的关系，正如你的生活同你们的行星、你们的家庭、你们的朋友休戚相关一样。然而，我们是朋友，你和我是朋友，我们相互理解。地球上不同国家的朋友，能够通过书信往来，保持联系。我们也能越过星系保持联系。""可是，怎么联系呢？"约兰达满怀希望地盯着诺曼问。"你们世界上的一些人，能猜透另一个人的心思，要办到这一点，他们必须对那个人十分了解。在我们的世界里，我们已懂得如何做到这一点。我们没有躯体，因而不能谈话。我们需要的是精神上的传心术。过一会儿，我要让你看如何集中精力，才能同我谈话，我可以非常容易地同你谈话。看，我的嘴唇现在不动，你听不见我的声音。然而，你却知道我的脑子正在跟你的脑子说什么话。"诺曼说完话，看着约兰达点了点头，表示懂得了他的意思，就和大家一起钻进小舱。

　　飞船在太空中疾驰，每秒钟都在加速。速度越来越快，飞船也变得越来越小。当接近每秒3万公里的时候，漆黑的太空里突然出现了一道闪光。霎时，天空似乎出现了一个微小的黑洞，飞船彻底消失了。当飞船快接近土星时，诺曼让飞船恢复了正常，他想让大家看看土星。

　　"我们走得晚了一点儿，"诺曼从小舱里爬出来对大家说，"我们没有时间访问其他行星了。可是，我们很快就要从土星旁经过。如果我们抓紧时间，赶到控制室，就能好好地看一看。"大家匆忙爬出小舱，正好看见土星隐隐约约出现在天边。它离地球有30亿公里，其景象非常壮观。这颗太阳系中的第二大行星，形似圆球，稍微有点扁。土星周围有许多带状光环，颜色由淡黄到深绿。然而，其中最为壮观的景象是环绕土星的三个巨大的光环。首先是距土星表面大约12000公里的黑色光环；紧接着是一个宽阔而明亮的光环；最外层是一个不太宽、不太明亮的光环，就是这个光环，宽度也有 15000 公里。

飞过了土星，转眼就到了地球，飞船降落在格雷戈家的后院。爸爸、妈妈正在等待他们。

诺曼把大家送下船，跟大家一一握手告别。大家都有点依依不舍，史蒂夫甚至流下眼泪。

"或许某一天我会回来的。"诺曼说完话，慢慢走回飞船，接着，转眼就不见了。大家都怔怔地站在那里，只有约兰达心里最清楚：将来诺曼如果有消息，她一定是第一个知道的。

（贾立明　缩写）

地球卫士

〔加拿大〕希尔

　　拉塞尔在家门口停住车。星期天一大早，小镇的街上空无一人。他走下车朝四周看了看，回身从车里抱出一个大纸箱，一边往院子里走，一边竟和箱子对起话来。进屋后，他把纸箱放到客厅中间的硬木大圆桌上，从纸箱里钻出一个像大蜥蜴的怪物。它1米多长，浑身长着平滑柔软的短毛，棕绿相间的皮色非常好看，一双紫罗兰色的眼睛炯炯有神，两只前爪像人一样分有五指，后爪能站立。拉塞尔带它去林子里玩耍刚刚回来。

　　6月里，屋内很闷热，拉塞尔走到窗前把紧闭的窗户稍稍抬起通风换气。二人正说着话，突然窗外一声轻微的响动引起了他们的警觉。拉塞尔用口型示意它继续说话，自己则飞快地摸到门前，悄悄打开门走到屋外。窗根底下，10岁左右的小男孩和小女孩正聚精会神地透过窗缝往里张望。"哈罗，"拉塞尔轻声地说，似乎怕吓着孩子们。两个孩子惊恐地急转过身，面无血色地紧贴着墙根瑟瑟发抖。

　　拉塞尔请他们不要害怕，他保证不伤害他们，这才使他们安下心来。原来，这两个孩子一大早钻到拉塞尔的院子里玩，见房主人和箱子对话，十分好奇。于是，便躲到窗根偷听，他们断定拉塞尔是外星人。拉塞尔不禁暗暗叫苦，他无法继续隐瞒自己的身份了，可又不能为了保密而故意伤人，只好冒险放两个孩子走，希望他们不声张。他回屋打水准备冲洗汽车，出来时发现孩子们仍站在原处没动。他朝他俩笑了笑，边擦洗着汽车，边和孩子们交谈起来，索性把一切全告诉了他们：

很多世纪以前，靠近银河系的84颗行星组成了一个联盟。他们崇尚和平、合作，尊重一切生命形式，在他们的世界里没有犯罪、精神疾病、骚乱和腐败。然而，另有许多行星虽然与他们同样高度发达，但信仰迥异。

为了保护落后星球，联盟挑选了一些志愿者，把他们派往落后星球担任警卫以防生灵涂炭。他们凭借联盟高度先进的科技，依靠智慧和敏锐以及自身的特异功能出色地完成自己的使命。莱瑟尔就是他们中最杰出的一员。这一次他改名拉塞尔，变做地球人，奉命来保卫地球，因为一个外星恶魔正朝地球袭来。

两个孩子瞪大眼睛，吃惊地听着拉塞尔的叙述，渐渐地消除了对拉塞尔的恐惧，怀着敬佩的心情慢慢走到汽车的旁边。拉赛尔告诉他们，如果他暴露了身份就得回去换人，而宇宙恶魔就可能趁机作恶。两个孩子发誓严守秘密，并主动要求帮助拉塞尔，却被他婉言谢绝了。拉塞尔说，在联盟中，每一个成员都是和平捍卫者，他们自有对付歹徒的办法。他就有一条飞船远在人造卫星轨道之外绕地球隐蔽飞行，一旦有入侵者，他左手上戴的戒指就能收到飞船发出的信息。

看到孩子们完全相信了自己，拉塞尔心里一阵轻松。孩子们做了自我介绍，女孩叫琳迪，男孩叫杰夫，和拉塞尔住在同一条街上。拉塞尔邀请两个孩子到屋子里喝冷饮，可当看到那蜥蜴怪时，两个孩子却吓得呆住了。拉塞尔说那是他的伙伴，叫米佐。米佐盯着两个孩子看了一会儿，告诉拉塞尔可以信任这两个孩子。原来，米佐有洞察真伪的能力。孩子们再一次发誓严守秘密。米佐轻松地吁了一口气，嘴里冒出一小股橙色的火苗。两个孩子迷上了米佐，大家围坐在桌旁喝着冷饮，快活地交谈着。突然，拉塞尔面露微惊，他站起身说到厨房去再拿些冷饮便离开了房间。除了米佐，两个孩子都没在意。

拉塞尔没去厨房，而是急忙上楼回到卧室。他感到左手的戒指箍紧了，有紧急情况。他拉紧窗帘，调了调戒指，然后举起左手把戒指对准了白墙。一束白光从戒指射到墙上，现出了一串串符号，这是拉塞尔本星球的文字。他仔细观看着那些符号，脸色越来越严峻。图像渐渐消失，拉塞尔慢慢转过身，心情沉重地走下了楼。

他走进客厅时，那个叫米佐的怪物神情紧张地注视着拉塞尔，孩子们也看出苗头不对。拉塞尔劝孩子们回去，千万不要靠近这所房子，因为危险就在这座小城里。更糟糕的是，来者是一个叫埃克里多拉克的外星职业杀手。此人是一个长毛怪物，精通武器制造，凶残无比，给许多星球都造成了极为严重的破坏。这个长毛怪物遇到危险时能自动变形脱身，因此从未落过网，是个极难对付的敌人。他刚刚袭击了附近另一星系中和地球差不多的一个星球。他到那儿的第一件事就是杀死卫士。看来这一次他是想故伎重演，但拉塞尔和米佐却不能因此而违背誓言去袭击或杀掉他。唯一的办法就是坐等对手上门，尽量存活下来，以伺机抓住他或把他赶出地球。

孩子们再次要求帮助拉塞尔，仍被谢绝了，只好告辞出来，走进了小镇宁静平和的清晨之中。两个孩子思绪茫然，沿街无言地走着，心里总想着拉塞尔说的那个长满黑毛的怪物，担心拉塞尔和米佐的安全，希望有机会帮助他们。走到杰夫家门口的时候，院子里猛地窜出杰夫的长毛黑狗围着杰夫亲昵地蹦蹦。琳迪对动物过敏，不禁一连串地打起喷嚏来。

阑夜时分，拉塞尔魔术般地出现在后院的暗影中。他刚从飞船返回。这种时候把米佐单独留在家里待几个小时是危险的，但他必须去取一些特殊的装备。尽管他们不能使用暴力手段，但可以采取自卫措施。此刻，拉塞尔紧张地审视着周围的一切。突然，他瞥见一个猫头鹰似的东西从头上一掠而过，而在这附近他还从未见到或听说过猫头鹰。他小心翼翼地从后门摸进了屋子，里面一片漆黑，声息皆无。他先把从飞船上取回的一盒袖珍器械放到厨房，然后摸进了客厅。突然，他绊上了放在屋里没来得及倒掉的那桶刷车水，吓得他几乎魂飞魄散。摸到屋中间，他摸索着打开了大圆桌上的台灯。眼前的景象使他目瞪口呆，只见米佐倒卧在地，看上去已没了气息。同时，他听到屋里响起了微弱的高频音乐声，他立刻明白了一切。这音乐声实际上是一种无形的射线，它发明于克拉斯迪行星，银河系中没有它割不断的东西。拉塞尔的体温引发了它，射线渐渐增多，像钟摆一样来回摆动。拉塞尔急忙抱起米佐躲到桌下，探头朝天棚望去，只见上面粘着一些小块黑色胶状物，射线就是从那里发出的。他恨自己把米佐单独留下，以致使埃克里多拉克有机可乘。而此刻，拉塞尔却不可能取下那些黑色物体。射线不断劈开屋内的家具，向圆桌逼来。拉塞尔强制自己镇定下来，回想着发明射线的克拉斯迪行星。那是个灼热无水一片荒漠的星球，难以理解的是却有生命存在，而且文明程度极高，有无数独到的发明。正想着，桌子的一边被射线无声地斩断落在拉塞尔面前。紧接着又一道射线从眼前划过，把地毯长长地划开，一直划到那桶刷车水那儿。拉塞尔眼睛突然一亮，有了主意。他趁射线刚刚划过的瞬间不顾一切地奔向水桶，猛地把水朝天棚泼去，犹如泼到热铁上，"哗"地腾起一片蒸汽。随着一阵"咝咝"的响声，黑色物体融化了，像稀泥一样滴落到地板上，音乐声也随之消失。

拉塞尔呆呆地站了很长时间，手里仍拎着水桶。他的估计是正确的，由于克拉斯迪行星没有水，所以对于克拉斯迪行星上的东西来说，水就犹如强酸。

这时，桌子下有了说话声。拉塞尔见米佐活了过来，欣喜异常。米佐说埃克里多拉克手持毒气枪突然闯入，还未等它反应过来就被毒气熏倒了。拉塞尔也把刚才发生的事告诉了米佐。万幸的是，米佐属于冷血动物，否则它会引发射线而被碎尸万段的。二人估计杀手还会再来，立即做好迎战的准备。。

再说琳迪和杰夫离开拉塞尔后一直放心不下外星朋友。第二天上学也心不在焉，老师对此很不高兴。放学回家后，二人仍无心做任何事情，惹得他们的父母也很恼火。晚饭后，琳迪一个人来到街上。天空阴云密布，令人压抑。她一边为拉塞尔的安危担心，一边沿街慢慢走着。突然，杰夫的长毛黑狗从邻居家的篱笆里窜出朝她扑来，吓得她面失血色，大喊大叫，动弹不得。黑狗嗅了她一会儿便走掉了，但琳迪仍没有动。她感到奇怪，这一次她没打喷嚏，而她从来是见了动物就要过敏的。她回头再看黑狗，它已钻进拉塞尔的后院不见了。

琳迪猛然间若有所悟，急忙朝杰夫家跑去。杰夫的狗一直在屋里没出去。琳迪和杰夫立刻明白了一切，急忙跑到拉塞尔的后院外，躲在树篱后边观看，只见后院静悄悄的，没有狗的影迹，但房子的后门却微开着。两人壮着胆子钻进树篱，悄悄地穿过院子，从后门摸进了寂静无声的房子。他们小心翼翼地来到客厅门口，顺着门缝往里看，立刻被眼前的情景吓呆了。

屋内，一张白色大蛛网似的东西把拉塞尔和米佐紧紧地捆住了。屋中间站着一个面目狰狞的黑长毛怪，左手拿着一件奇异的射网枪，右手持一把匕首横在拉塞尔面前，用孩子们听不懂的外星语言嘲笑着拉塞尔的无能。拉塞尔坐在沙发上被捆得不能动弹，但却极为镇定。他面无惧色，眯着双眼瞅着埃克里多拉克。孩子们在门外呆呆地看着这一切，没有注意到屋子里的摆设有了变化，冰箱也从厨房移到了屋里，拉塞尔的右手心里还握着一个门钮大小的东西。就在埃克里多拉克迈前一步挥舞匕首砍向拉塞尔时，拉塞尔的手指轻轻一握，冰箱门"砰"地一声开了，冷气涌出，大网顿时像遭霜打的藤蔓一样变黑、枯萎、断裂了。同时，屋子另一边突然爆发出震耳欲聋的立体音响，刺向拉塞尔的匕首顷刻化作齑粉。米佐见机一跃而起，一股火焰从口中喷出直扑怪物拿射网枪的左手。怪物大叫一声，武器落地，拉塞尔急忙俯身去拾，但怪物更快，从长毛下又掣出一件喷射蓝光的手枪，像施定身法一样把拉塞尔和米佐罩住定在那里。埃克里多拉克尖笑着，一边奚落拉塞尔用地球上最原始的工具来对付他，一边调整手枪上的旋钮加大光度。原来这是一种麻痹枪，射出的蓝光能使人的身心很快麻痹、死亡。拉塞尔的双眼顿时失去了神采，露出绝望痛苦的神色。躲在门外的琳迪和杰夫见此情景忘了害怕，异口同声地大喝道："住手！"长毛怪大吃一惊，急转过头张望，但还没等他意识到对手是谁，体内自动变形的功能便发生了作用。由于它曾在街上见过琳迪，埃克里多拉克不禁又变回杰夫的大黑毛狗，武器也随之砰然落地。拉塞尔趁机拾起射网枪，果断地扣动了扳机。不等长毛怪恢复原形或变成其他形状，一张又粘又结实的白色大网便紧紧地裹住了狰狞扑向两个孩子的外星恶魔。埃克里多拉克渐渐恢复了原形，但再也逞不了淫威了。他的变形功能只能在遇到危急时才发生作用，而此时危险已过，他也就无能为力了，只等夜里拉塞尔的飞船到来把它带走。

在门口，琳迪和杰夫早已吓得浑身颤抖，紧紧地挤作一团，极力克制着不喊叫出来。俯视着这两个勇敢可爱的孩子，拉塞尔百感交集。他蹲下身张开双臂把他们搂在怀里，紧紧地拥抱着。

繁 荣 花

〔日本〕星新一

地球与雄星之间，电波的往返，已经重复数次。这样，对雄星的情况就逐步有所了解。尽管它具有与地球同样类型的文明，可是它却完全没有所谓武器或军备等这样的武装。看来像是一个充满和平的小小星球。那里的居民也栽培花草，饲养蜜蜂，喜欢蝴蝶，过着自由自在的生活。

"跟雄星再加深一些友好关系，还是可以的吧。"

"是啊！雄星似乎不能进攻我们，如果到了紧要关头，我们一攻进去就能把它占领。这样的对方，可以放心大胆地跟它进行交往。"

因为考虑到，即使跟他们进行贸易也是可以的，于是就发去无线电报。请他们派使节团前来地球。

就在此时，从雄星发射来一个形状优美的小型通信火箭。里面有一粒好像花籽似的东西，还附了一封信。

"我们这个星球靠输出动植物为生。拟同贵方商谈，能否进行交易。现将我们培育的新品种，一种花籽作为样品给你们送去。这个花的名字叫作繁荣花。你们对它可能会满意的，如果对这种花不满意，请立即返还给我们。"

人们读过此信，就互相商谈起来。

"真是输出植物的星球吗？是什么样的花呢？早日使其开放，让大家观赏一下吧。"

"虽然他们不至于送来吃人的花，但是，对此事也应该加以注意。"

把种子送到植物研究所，小心翼翼地加以培育。看来对人类并无特殊有害的作用。

不但没有害处，反倒具有许多优点。不，可以说，都是优点。

如果同地球上现存的植物比较，其大小和形状颇似盆栽的梅花。但是，梅花开放有季节性，它只在一段时间内开花。这个"繁荣花"却是一年到头接连不断极其茂盛地开放着许多花朵。再说，花的颜色也极其别致。

花的颜色真是难以形容，因为随着季节不断地变换颜色。红色的花朵眼看就要凋谢，可是那微带黄色的花朵却相继开放，接着又是蓝色、紫色的花，简直就像空中的彩虹。在一天之内，花的色调也微妙地变幻无穷。

花的香味也是美不胜言。清晨散发出清爽的香气；傍晚又飘来若隐若现的芳香。"这真是一种值得赞叹的花。不愧为雄星的出口商品，简直是绚丽得无以复加。"任何人刚一看到这花时，都要说出这样赞美的话。同时都想要把它栽在自家的庭院或屋里。

"可是，能否想个办法去繁殖它呢？"

"那可不行。那是雄星费尽心血培植出来的花。随便繁殖，这在商业道义上也是不能容许的。首先应该取得对方的谅解。"

"对于那种人说的话，不要理会。对方是一个遥远的星球。如果当真那么做，少给他们几个钱儿也就可以了。即使他们不同意，也没有什么可怕的。对方是一个没有军备的星球。"

因此，在研究所里极其注意地不使其枯萎，开始进行栽培法的研究。因为那些反对者现在基本上在内心里也都想要得到这种花，所以也不再提出强烈的反对了。经过一段研究，得知这种花根本没有什么值得研究的地方。只要把种子种上，它就立即生长起来。

花在一年当中交替地连续开放，因而收到大量种子。无怪乎叫作繁荣花，繁殖的方法也非常简单。

虽然收到大量种子，可是最初想要获得种子的人，真是多得不计其数。这样一来，不知是谁，他想要赚钱，就定了很高的价格出售种子，于是就逐渐传到大家的手中去了。

头脑简单的人率直地称赞说："真美呀！不愧是进口的品种呀！"

头脑复杂的人好像也很正经地赞美道："其中蕴藏着一种异国情调的美。"总而言之，无论是谁都狂热地欢迎这种花。并且把收下来的种子卖给别人，不但能把本钱收回来，同时还能赚钱。正像这个花的名字一样，的确是繁荣之花。在地球上真是轰动一时，这花立即传到整个世界。得到繁荣花的人们都精心培育，不使其枯萎。但是，在这期间得知，就是不去精心培育，对这种花也不加以爱护，它也不枯萎。不，即使看样子好像将要枯萎，可是它也不轻易干枯。别说那个，就是想要使它枯萎，它也决不凋谢干枯：人们给它浇上强烈的药水，它的表面似乎还具有一种防水作用，对这药品也毫不理睬。把光和热给它加到一定程度以上时，似乎在它的表面就全部被反射回来了。当然，如果不给它营养，它也会停止生长，可是刚一把它置于原有的条件下，它就又能开花结籽。

等到弄清上述情况时，一切全都为时已晚。繁荣花越来越多，一直在增加。虽然可以把它们全部拔出来，集在一处，装到一个密封的仓库里，或者用火箭把它们扔到宇宙里去，但是修建仓库和制造火箭的速度，显然要比繁荣花增长的速度缓慢得多。再说，现在已扩展到整个世界，把它们全部拔掉，这已经是不可能的事情了。

"真是出乎意料，这种花竟然继续无止境地繁荣起来了。这是不合情理的繁荣。这样下去的话，地球上的任何东西都要被花埋上了，那可怎么办呢？"

"大概不至于没有办法。如果没有办法的话，雄星上早已到处都是花，那不早就灭亡了吗？按理说，应该有除草药一类的东西。快去买些来吧。"

"雄星的目的就在于此吧。值得深思啊。"

"用不着担心。价钱稍高点儿也没关系。分析一下那种除草药，在地球上制出同样的药品就可以了。"

"但是，那涉及……"

"管它呢？这用不着介意。如果考虑道义那一类问题，这繁荣之花就要变成人类的葬礼之花了。用不着介意，对方是一个和平的伙伴。"

就在此时，雄星的使节团乘坐火箭，越过宇宙空间，来到地球上。迎接使节团的代表，可真是一项极其伤脑筋的职务。应该热情欢迎对方。地球上的人们随便把对方送来的样品大加繁殖，对这件事必须巧妙地加以掩饰。自己当前的弱点还不能显露出来。并且要好言好语地把除草药的样品弄到手。

"怎么样？前此送来的繁荣花的样品，贵方很满意吧。假如不喜欢的话，请退还给我们吧。"雄星的人微笑着说。

"是啊！这花真美，简直美得耀眼欲眩。因此，说实在的，把……把这花，繁殖了一点点……"地球上的人虽然捏了一把冷汗可是对方根本就没有介意。

"不必那样惶恐。这没啥，那是繁荣花，请大力繁殖吧！"

"可是，这种花相当茁壮呀！总也不枯萎吧！"

"不，有时候也枯萎。"

"是吗？什么时候枯萎呢？"

雄星的人又微笑着说道："我们把它装在火箭上运来了。"

"能否看一下样品。"

"当然可以。"

地球上的人松了口气。是除草药呢，还是特殊光线的发生器呢。什么都行。等以后照样去制作就可以了。雄星的人从火箭里把箱子搬了下来，说道："这就是样品。"往里一瞧，里面满满一下子好像都是蜜蜂似的昆虫。

"好像是蜜蜂一类的东西。"

"对，这是用来去吃花的。它们一吃花，那花马上就干枯。试一下看看吧。"

"是这样吗。但是，这可绝不是不死的蜜蜂吧。"

"这一点请不必担心，它们是有寿命的。"

打开箱子，飞出来的蜜蜂落在附近的花上。蜜蜂都去吃花，蜜蜂一吃花，这些花就神奇地全都开始枯萎。

地球上的人又松了一口气。但是，雄星的人却稍微有些认真起来了。

"效果已经清楚，咱们谈谈交易的问题吧。贵方不想买这种蜜蜂吗？"

"是啊！可是，得先好好地看看样品之后才能……"

地球这方面有些含糊其辞。只要把样品一繁殖就行了。根本不用着急。可是雄星的人却把这个意图给掰开揉碎，直截了当地说："今后你们将要长期持续用下去。为了慎重起见，再明确一下，这种蜜蜂虽然有寿命，但是没有生殖能力。"

"什么？这都是工蜂呀！那么，请把具有生殖能力的蜂王拿出来看看吧。"

"那可办不到。蜂王不能从雄星拿出来。如果把蜂王卖给你们，这买卖就做不成了。"

"这话也太不讲道理了。真是岂有此理！"

"如果你们不想购入工蜂，那么就……"

"等一等。把蜂王交出来！不然的话，即使凭武力也……"

"还是别那么激动吧。雄星上虽然没有军队，可是，假如你们来进攻的话，我们就把蜂王全部杀死。"

"哼！这真是一些蛮不讲理的家伙呀！"

尽管咬牙切齿，但是，时至今日已经毫无办法了。现在如果把雄星的人们赶走，整个地球就全都要被繁荣花埋起来。因此，不得不按照对方说的那样，签署了贸易协定。

于是，从雄星定期地往地球发射运载火箭。里面装的是昆虫，这些昆虫只具有使花干枯的能力，根本没有生殖能力。火箭回去的时候，把地球上的贵重资源和产品等装在上面满载而归。

看来雄星的人也很善于计算，他们加减蜜蜂的数量，或者减缓火箭速度，以使地球上的繁荣花不让它减少得过多，总让它保持一定的数量。对地球来说，这可真是一件令人气愤的事情。

最使人气愤的是，每当运载火箭的乘务人员离去的时候，他们总要说这样一句话："我们把这种花叫作繁荣花，这回你们明白其中奥秘了吧。"

（高烈夫　译）

太空少年

〔日本〕眉村卓

这是个晴朗无云的星期天。一吃完早饭，岩田广一立刻拿出了球棒和皮手套，去参加班级对抗赛。

广一把铁门咣当一声关上就来到走廊。虽然叫作走廊，实际上这里是所谓市区住宅类型的，延伸在建筑物左右两侧的通道，沿着通道是各家的大门，一个一个地排列着。

广一朝电梯的方向走去，发现隔壁一直空着的房间，挂上了名牌。

他放轻了脚步，悄悄地走近640号房屋，从开了一丝缝隙的窗户向里望去，也不知什么时候运进来的沙发呀电冰箱呀什么的，都整齐地摆设在那里。不仅如此，还传来了说话的声音。

奇怪呀，这么多的家具什么时候搬进来的呢？这房子昨天还空荡荡的呢。

不容广一再思索下去，有人从640房门走了出来。

出来的是和广一年龄相仿的少年。可是怎么看他也不是一个普通的日本人。固然头发和瞳仁都是黑的，但那端庄俊秀的脸庞、发达而收束的肌肉，简直会使人想起希腊的雕塑来，真是一位美丽的少年。

"有……什么事吗？"少年问。

"不……什么事也没有。"广一好像才清醒过来，朝着电梯走去。碰巧

167

的是，这个少年也和广一一起进了电梯。

突然"咯噔"一声响，电梯停住了。临时停电，看来只有钻出去走楼梯了。

正在用手摸寻"非常停运"开关的广一突然回过头来，因为背后似乎有电光闪亮。好像是少年手中的微型手电。光圈在逐渐收束，当光柱变成一个圆点时，少年便把手电对准了电梯的铁门。

立即传来涂料烧焦了的臭味，接着铁门变红并开始慢慢地融化了。

"你!?"广一惊讶地制止少年。

"你别管我!"那少年继续干他的事。

这时，电梯内的灯亮了，电来了。

广一看见铁门上有一块10平方厘米左右的地方，漆皮已经脱落，还烧穿了一个小洞。

广一愤怒了，但马上他就收敛了。他发现这个少年的眼睛睁得异样的大，那副面孔，不知是出于对谁的憎恨，气得五官都挪位了。

好像是有一股使人毛骨悚然的凉气透过广一的后脊梁。

这个少年究竟是什么人？他那像手电似的小玩意儿竟然能融化金属。

电梯的门开了，广一急步跑出电梯。和这样奇怪的少年，再多一分钟的接触也是不可思议的。

可是，在第二天的课堂上，广一又和这个少年在一起了。

第一节课上课的时间已经过了10分钟了，可是大谷先生还没来。广一的同桌香川绿桑忍不住嘀咕起来。

这时，大谷先生领进教室一个少年。广一一眼就认出，正是昨天那位奇妙的邻居。

"今天，把这个班的一位新同学介绍给大家。"

先生让少年站到讲台上。

"山泽典夫……是从东京转学来的，据说是初次来大阪，所以请大家友好地照顾他。"

　　然后是这个转校生的自我介绍。他微微一笑，用一种与昨日截然不同的态度，稳静地自叙：

　　"我叫山泽典夫，没有什么特殊的爱好，也没有所谓拿手的学科，并且很讨厌粗鲁的人。我在这个世界……不，在这个大阪，想尽力和大家友好相处下去……"

　　他看到了广一，广一也回敬了他一眼。

　　先生开始讲课，大家都拼命地记笔记。这个阿南中学升学率高，在大阪是出了名的。学习稍一松劲，成绩就会下来。

　　广一边记笔记边对坐在前面的典夫瞥了一眼。典夫根本没记笔记，而且连教科书也是合着的，他只是聚精会神地听老师讲课。

　　先生喊了一声溜了神的广一："所说的太阳是什么样的星球?"

　　广一茫然了。

　　典夫站了起来："太阳嘛，太阳直径约等于地球的109倍，作为恒星，它是隶属于GO型的中型星球，是第一种族成员。位于银河系的边缘，与其转动的同时，每1秒钟的……"

　　"已经可以了。我好像在课堂上没讲过那么多。"先生说。

　　广一觉得这个山泽典夫太奇怪了。中午打乒乓球的时候，典夫把年级最高手香川绿桑都打败了，并且还说这是他第一次玩乒乓球。

　　十多天过去了，典夫成绩优秀，运动全能，只是动辄远离同学孑然一身，谁若是主动向他打招呼或约他一起做点什么，他也会成为同伴，但他自己却从未主动地提出过要干什么。

　　临近秋季运动会的那一天，作为班级委员的广一为了班级的事让大家课后留30分钟。典夫就是不同意留，广一为此十分恼火。这时窗外下起了雨，典夫哭丧着脸说，他没带伞。广一情不自禁地叫喊道："从学校到住宅区，用不了3分钟就跑到了，下点雨算了什么呢?"

典夫盯着窗外的雨点，全身都颤抖了："在那雨水中含有原子爆破实验的放射性物质……我，就怕那个东西……是致命的呀。"

"请你不要说过分越轨的话。"广一觉得不可思议。

运动会有关事宜的班级协商会结束时，雨也停了。典夫也只好这个时候才和大家一起走出教室。他还心有余悸："在这个世界上最可怕的是什么？那就是由于科学的过分发达而带来的人类自灭的恶果……大家好像还没意识到，雨水中所包含的放射能，其可怕的危害程度有多大……你们就没有考虑过吗？"

广一反驳了他，讲了科学的发达给人类带来的好处，没想到典夫说他是"白痴"。广一按捺不住，给了典夫一记耳光！

广一还想再说，典夫早已跑出了校门。

一连三天，山泽典夫都没来上课。大家在大谷先生的带领下，去典夫家找他，广一也去了。

他们来到640号门前，室内好像有许多客人，传来交谈的声音。突然房门打开了，走出来二十来人，都是领着孩子的男人和女人，这些人向山泽家的人致意后，都走了。这些人和山泽家的人一样，都像希腊塑像那样端庄俊美。

然而山泽典夫却把师生们拒之门外，生硬地说："请回去吧，我明天就到校。这是刚才大家商量后才决定的。"说着就关上了房门。

大家没有生典夫的气，却都有些百思不解。

运动会到了，典夫为他们二年三班设计了一个相当漂亮的彩门，大家都认为准可以领先了，可发现一年五班和三年二班也有类似的彩门，只是有些细微处不同罢了。

这事儿就蹊跷了。

典夫为二年三班争得了许多荣誉，他们的总成绩遥遥领先。

在运动场上，还有一个奇怪的现象，在一年级和三年级，都有长得和典夫相像的孩子，并且他们的成绩都极好。更让人惊讶的是，在接力赛最后一棒时，一年级和三年级的两名和典夫相像的同学就要胜利了，这时天空中有喷气式飞机飞过，这两名选手却向校舍跑去，包括典夫在内的另外两名选手也都没命地向校舍跑去。

能容许发生这样的事吗？出现了在运动会高潮时，撇开比赛项目外逃的选手们……要知道他们是年级的代表，是雄鹰怎么会听到喷气机的轰鸣就……胆小鬼！三年级的几个好斗的学生在校门口堵住典夫们的去路，一场冲突就要开始了。三年级的一名学生抓住了典夫的前襟。

与此同时，典夫掏出了在电梯上使用过手电似的小玩意儿。

广一知道它的威力，他一下子就插到了那个三年级同学和典夫之间。

广一由此遭到几个三年级学生的殴打，竟至昏迷过去，住了一天院才恢复过来。对此典夫不但没有感激之情，反而说道：

"我的确是因为害怕喷气飞机的声音而逃跑，可为什么那样就必须挨打呢？坦率地说，他们包围上来多少我们也不在乎，我们手中有巴拉雷塞……"

"嗯，巴拉雷塞是什么呀？"香川绿桑快嘴地问广一。广一说道："麻痹神经枪呗。""我们并不需要别人的帮助。……你们对那样刺耳的噪音反而习以为常……"典夫说。"你说的是什么意思？"大谷先生问道。

"我说的是导弹。"典夫用一种背诵的腔调说："原子炸弹……核弹……中子弹……导弹……住在这些弹头随时可能在头上爆炸的世界里，你们竟然可以麻木不仁。在这个 D-15 世界上，固然科学发展是稍微落后一些，不过，那只是个时间问题……迟早，核战争是会发生的……我们，本以为在这里能够过上不发生核战争的生活……"

典夫已在哭泣。

"……你们当中有人知道核战争的可怕程度吗？闪烁的激光……成百万人地倒下去，呻吟着的男女被传送带运走，时刻都有死灰飞逼过来……一边是大量的死亡，一边又疯狂地发射报复火箭……血迹！烧焦的尸体！

在那傍晚灰暗的天空，耸立起粉红色的椭圆蘑菇云……救救我！"

典夫逐渐平静下来，慢慢走出教室。

从典夫的话语中，似乎可以听出他目睹过核战争似的，又说这里是D-15世界。他不会是外星人吧？这引起了广一的注意。

这期间，报纸还报道说，在大阪的十几所学校内都发生由转校生引起的事件，据了解，这些转校生都是同一天到各自的学校的。又说什么大阪出现天才的少男少女，标题还写着"全然不解之谜""用常识无法解释的种种行为"等等。

太奇怪了。广一决定到隔壁去看看。

广一好不容易才叩开山泽家的房门，典夫的父亲招呼他进来坐下。广一发现屋子里坐满了人，他们都是高高的鼻梁，清澈的眼睛，十分端庄的面孔。屋内摆设的都不是普通家具，而是一些闪着耀眼光泽的构造复杂的金属陈设品。从天棚垂下来的吊灯，由几个呈放射状的发光体重叠在一起，简直是其他星球上的产品。

典夫的父亲很友善，寒暄之后，他说："请你不要担心，我们既不是间谍，也不是其他神秘莫测之辈。对于有可能理解我们的人，我们从来是讲真情的……我们在这个世界……"

"就是所说的D-15世界吗？"广一突然问道。

"是的。在这个D-15世界上，我们本打算和大家融洽地共同生活下去，可总是在意想不到的旮旮旯旯出现不协调之处。我们这些人是不是一批不适应者？"

"不适应者？哪里的话！你们会出色地和大家一起生活下去，只是……只是你们的同伴和子弟太出众，太优秀了，可同时又严重的神经过敏。"

"噢，是吗？"典夫父亲惊讶地说。

这时在座的一个人对另一个人说：

"若想在一个世界里安然地生活下去，对于任何事情都不要超群出众，这是最重要的。你说不是吗?"

"我也不十分清楚……但我觉得不完全像您所说的……"

典夫的父亲制止了他们的议论,接着说:"今天,我们是初次与这个世界上的人直接对了话。这次就先谈到这儿吧!"

第二天,大家都正常到校了,但是典夫没有来。这时,广一的母亲跑来,大叫着说:"不得了了,山泽家出现了大搔乱……广一,典夫让你去一趟。"

广一和母亲走出教室,这时香川绿桑追了出来。

"岩田君!……山泽君的事,我拜托您啦。"

"你……"广一感到胸被抓了一把似的,"你是……喜欢……山泽君,是吗?"绿桑只是微笑着点了点头,然后跑回教室。

山泽家究竟发生了什么事呢?原来一个陌生的人用万能钥匙偷偷打开典夫家的门,进行研究、拍照,典夫发现后,用一种叫作莱塞的精巧武器把这个人烧伤了。

因为这件事,不明真相的邻人把山泽家闹了个沸反盈天。典夫躲在屋内不出来,他除了广一谁也不想见。外面的人大吵大闹,非要典夫出来不可,并且还惊动了记者和警察。

经过广一的极力劝解,一场冲突总算平静下来。典夫的父亲说:"看来在这个世界上,我们是不能继续待下去了。"

"你们,究竟要怎么办呢?"广一问。

"今晚9点钟,请你到住宅楼的大平台上来。"典夫有些悲伤地说。

广一赶回学校时,已经是第五节课了。

一个令他惊诧不已的消息传来:全校五名所谓的天才少男少女都突然消失了!并且大阪其他学校的奇异少年也都同时不见踪影了。

广一跑回住宅楼,640房间已经空空如也!家具哪去了呢?典夫哪去了呢?广一太迷惑了,也有点莫名的忧伤。当然,最忧伤的要数绿桑了。

这一事件迅速惊动了整个大阪,电台、电视台、报社纷纷出动人马,进行调查来访。很多记者都在寻找和山泽家来往较密切的广一。广一想躲是躲不了了，如果不出面，记者们就会赖在他家不走，那么晚上9点的事就不好办了。

等广一搪塞完记者，已是晚上8点多了。住宅楼又恢复了夜的宁静。吃过晚饭，广一就来到大平台上。

今夜，广一通知了校长和大谷先生，也告诉了他的母亲。但是校长同所有出现过天才少男少女的学校的校长一样，被教育委员会招了去。

大谷先生和广一母亲也都来到了平台上，他们三人静静地等待着9点钟的到来，他们不知道要发生什么事。

不多时，在支撑晒衣架的平面水泥地上，突然出现了淡颜色的磷光球体。这个球体强烈地震动着。是一个带着荧光的圆形物质，在上下左右小幅度地急速摆动。

三个人屏住呼吸盯着那个物体，大约过了10秒钟，震动逐渐减弱，成了一个直径2米左右的大球，荧光消失了，音响消失了，慢慢落到了平台的水泥地平面上。

球体固定后，在那光滑的金属表面上，现出长方形的缝隙，似乎是一扇门。这时，从门洞里急步走出来一个少年——不用说，这少年就是山泽典夫。

"岩田君。"典夫环视了一下平台后，喊道。

"山泽君。"广一紧紧地握住典夫的手。

"山泽君，"大谷先生走过来，"没出什么事？……这就好啦。"

典夫没做回答。约有1分钟的时间，他深情地俯视着大阪市容，好像在千方百计地把大阪市的夜色刻印到自己的心目中。

"实在是不想离开这里。"典夫轻轻地说。

"就是说……你将从这个D–15世界……"广一用力握住典夫的手腕。

"是这样的。"

"等一等，山泽君。"大谷先生说，"这究竟是为了什么？我知道你和岩田君谈得来，不知能不能对先生也……"

"关于这个，由我来说吧。"

突然，又传来一个声音，广一他们吓了一跳，急忙向球体方面望去，只见一个人一正是典夫的父亲，慢慢地走了出来。他身上穿着一种淡颜色的柔软的服饰，腰部带着闪闪发光的玻璃制的武器。

"在很长的一段时间里，典夫得到了你们多方面的照顾。"典夫父亲恭敬地向三个人表示谢意。他站在典夫身后，用手抚摩着典夫的肩膀，"这个孩子不想走，可是，我们这些人不走是不行的。"

"往哪儿走？"广一母亲问。

"到别的世界去……"典夫的父亲稳静地一字一句地讲着，"我们，是……我们是被称作宇宙吉卜赛的一族。"

"宇宙吉卜赛？"

"是的。我们是一群流浪者。"典夫的父亲略带伤感地笑了笑，"我们借助我们的移动机到处流浪。我们自己的那个世界，在科学高度发达的战争中毁灭了。……所以，我们飞向别的世界。可是，宇宙间数不尽的星球的历史，其发展途径和速度、程度可能不一，但结局都是走向全球战争。遇到这样的战争，我们就迅速地逃离，去找寻和平的、能够安心居住的世界。"

"那么户籍是怎么解决的呢？"广一母亲问。

典夫的父亲轻松地回答："我们可以仿照实物作出许多户籍簿，然后把它插入派出所的存档箱中，使任何人看见都像原存的一样。在迁居集体公寓前，把户口本、各种证明书等都已准备好。我们的户口是按几百倍于我们实有人数的虚构姓名，以人类一时无法查寻的方法插入的。因此，全员的移居都能得到可靠的保证。"

在父亲说话期间，典夫始终是无精打采地用皮鞋尖踢着水泥平台，喀喀作响。父亲讲了一段，稍有间隙，典夫才叹气地说："我总觉得这次要去的世界，不如这个世界好。"

广一想，能否让这些惧怕战争而在宇宙间逃亡的人，在这个世界上安居下来呢？此时，他的思想很混乱，又猛然想起了绿桑的事……他闭紧嘴唇，向典夫身旁挪动一步。一时间，他又不知道自己该说什么。

"请等一等。"广一终于说。

典夫和他的父亲已面向金属球体，准备走进去。广一的声音又使他们转过身来。广一终于镇静下来："刚才您说，从现在起要到一个世界去。不过，那个世界就真的比我们这个世界更容易居住吗？有这个保证吗？"

"这个……"典夫的父亲轻轻地拽了拽被夜风吹得里子朝外的轻柔的服装，"这不得而知啊。不过，不去实际接触一下也无法知道。"

"那么最后你们会怎么样呢？"广一几乎是大声喊着问道，"这样一个世界、一个世界的移居，你们以为最后能够找到一个所谓理想的世界吗？"

"我们希望这样。"典夫的父亲点点头。

"我们希望移居到一个理想的世界去，确实也在到处寻找这样的世界，不过，究竟是怎么样的世界，不亲自去居住是无法了解的。"

"那么，这个世界——你们所说的D-15世界——当初是不是也曾认为是理想的呢？""是啊。"

"结果又怎么样呢？"广一激动地攥起拳头。

"其实，真的存在什么理想的世界吗？即使环境好些，居住人的思想也是要逐渐发生变化的。"典夫的父亲似乎被抓住了理亏之处。

广一乘势说下去："任何地方都不会有所谓理想世界的吧？那么像我们这样不能飞向任何其他世界的人类，不就没希望了吗？你们就这样心中无数地、轻易地从一个世界向另一个世界移居，是不是也有些太挑剔了？"

典夫的父亲深深地点点头。同时也不无遗憾地说：

"已经晚了。来不及了……不是这个世界的问题，是关系到那个世界……所有手续都办完了。岩田君，我们为了新的潜入，从很早以前就开始了准备工作。我现在穿的这个服装就是那个世界的产物。"

典夫父子二人和广一他们三人，面对面地站着，片刻，谁也没说话。偶尔闪过来的剑刃般的探照灯光以及时亮时灭的霓虹灯光，已显得那么遥远而又遥远。夜深了，风更凉了。

"再见吧！"典夫的父亲小声说了一句。然后转身准备走进金属球体。

"我已经够了！"突然典夫拽住父亲的衣服，用另一只手捂着自己的脸，几乎要哭出来，"我不愿意去……我已经一次又一次地经历了各种各样的世界，不过，我厌烦了！我在这里刚刚有了好朋友……可是，又……"

典夫的父亲冷静地制止他。典夫终于控制了自己。并把一个精致的莱塞送给广一，作为纪念。

"典夫！"典夫的父亲在叫他。

"已经没有时间了。从现在开始，我得用睡眠学习的方法，掌握又一个世界的语言。"典夫小声说道，"不过，我永远不会忘记这个世界的。"

"山泽……"

"好啦。……再见！"

典夫走向金属球体，又忽然转过头来：

"请代问绿桑好。"

典夫跟着父亲走进球体之中。眼看着缝隙消失了，球体开始激烈地震动，广一他们茫然地望着。广一是知道的，典夫完全知道绿桑对他的好意。对于人类的感情和好意，极度敏感的典夫不可能不察觉……广一突然有一种嫉妒的心情闪现，但不知是对典夫的还是对绿桑的，或者是对他们两个人的，自己也不清楚。

"……已经看不见了。"广一的母亲叨叨咕咕地说着。接着听见大谷先生的叹息。可是，广一没有回头。他平心静气看着金属球体停留过的水泥平台，平台上的安全网，以及那远远伸展出去的大阪市的灯火。广一感到一种莫名的空虚和无限的感慨。不知不觉地，视线模糊了，眼中涌出泪水，可广一不希望被别人看到。

新闻界对此大做文章，广一成了焦点人物。但他没有更多的心思去理睬他们，他的同桌香川绿桑还需要他的鼓励和开导。因为绿桑已经完全失去了以前的风采，忧伤静默：说话对于她好像是个负担。也许，她还在想着典夫吧。但广一相信，香川绿桑会重新充满朝气的。

转眼间，初中阶段的最后一个学期开始了。像往常一样，广一一大早就踏着柏油路上的薄冰，到清晨补习班去学习。路上他碰上了香川绿桑，他俩一同来到教室。因为还早，一个人也没有来……不，在紧靠讲台的那个席位上，有一个少年，穿着破烂不堪的衣服，双手抱头坐在那里。

绿桑不知所以地喊了一声。广一冲着少年跑去。这是怎么回事？……广一大声地喊了出来："你这是怎么啦"

"山泽君！"绿桑惊叫道。

穿着一身破破烂烂，四处烧焦了的衣服的山泽典夫，抬起头并慢慢转过身来。广一看到一副十分俊秀的脸上，浮现出一种一般人难以想象的复杂的微笑。

山泽典夫吃力地站了起来，刚要伸出手来，就瘫倒在地板上。

广一和香川绿桑用劲把典夫扶起来。他的衣服到处是烧焦了的窟窿，还有许多刮破的口子，浑身都是伤痕。但他脸上虽没血色，可皮肤还是那样细嫩，模样还是那样俊秀。

可是，山泽君为什么又回到这个世界上来了呢，并且还是这副样子？

来不及多想，他们赶紧把典夫抬进抢救室。经过治疗，典夫终于苏醒过来，红润的脸上似乎渗透着幸福的感情。

典夫开始用微弱的声音叙述他的经历：

"原以为宇宙吉卜赛只有我们一族，我们到了D-26世界才知道，还有其他的宇宙吉卜赛……那个世界的人认为，不能允许宇宙吉卜赛渗入他们的生活。等我们都到齐后，他们立即开始了狩猎吉卜赛……那里确实没有战争，但他们像人类狩猎猛兽一样，见到宇宙吉卜赛就下毒手，用以满足他们打斗的欲望。我们到处被追赶……"

"别说了！别说了！"绿桑捂着耳朵。

典夫停了停，还是接着凄切地说：

"到底是……回到这里了……只有我一人。"

全屋子的人都像冻僵了似的站在那里。

为了休养好，典夫被重点保护起来，广一、绿桑以及关心照顾典夫的几个人，不断地鼓励安慰着他。

这天晚上，广一听到平台上有人说话，他以为又是讨厌的记者来窥探消息了。当他把门窗上的布帘拉开后，他惊呆了。

平台上，有一些人朝走廊走来，都穿着破破烂烂的衣服。忽然，广一在人群中发现了典夫的父亲！

"您不是山泽君的父亲吗？"广一问了一声。

典夫的父亲猛地抬起头来："啊，你是岩田君！"

典夫的父亲几乎是冲了过来，用两只强有力的手抚摩着广一的双肩："典夫呢？典夫没有回到这里吗？"

广一没有回答，只是低下了头。

"请你告诉我……我们是好容易才逃到这里的，大家都七零八落……典夫逃走了，我想只能来这里，所以和这些人一起又返回到D-15世界来了。请你告诉我吧！"

一种难以形容的快感，像一股热流涌进广一的心头："典夫已经抢先一步回来了。……现在在府立医院住院治疗！"

那些人顿时欢呼起来。典夫的父亲想拼命克制自己，但终于未能奏效，热泪夺眶而出，他用又脏又破的袖口，不管不顾地擦拭着泪水。这时，典夫的母亲也从人群中走过来，伏在典夫父亲的肩上哭泣。

典夫的父母来到了府立医院，广一的父母、大谷先生、绿桑也随同前来。

半身倚靠在床头的典夫，忽然睁大眼睛，他一句话也说不出口，瞬间，三个亲人已紧紧地拥抱在一起。

随行来的人打算先回去，以免打扰了一家人的团聚。这时典夫的父亲开口了：

"我请求你们再坐一会儿。我们今后再也不能只囿于自己的生活圈子里面。我们终于明白了，不和大家一起协调共处，齐心合力，是不可能有真正的生活的。……无论如何，请你们再留一留。大家一走，我们就会陷入悲伤的回忆。"

大家都留了下来。

"现在回想起来，我们已经看过许许多多的世界。"典夫的父亲深有感触地说着，"这些世界有发达的，有落后的。对我们来说，不可能逆水行舟再退回到愚昧时代，也不可能再四处逃亡、流浪。我们要鼓起勇气面向未来，我们要为子孙创造明天。与其害怕战争，不如大家齐心协力来制止战争……应该这样做，除此没有别的出路。"

典夫的父亲的话使大家听得入了迷。

"当然，在这个世界上也有形形色色的矛盾和各种疯狂的现象。想到这些，有时我们也感到未来暗淡无光，这也是事实。不过，我们还是决心斗争下去，为创造美好的未来而生存，这个世界会好起来的。这应该是我们生存的意义。遇挫折而不气馁，大家携起手来坚持下去。要敢于全力以赴地面对现实，千万不能丧失斗争精神。就是这样，……我们想永远在这儿居住下去。"

"真的吗？"绿桑高兴地问。大家的表情都是兴奋的。

天已经很黑了，窗外飘起了雪花。由室内透出去的光线，照得轻盈的雪片，从上飞来，又飞落下去。这景色，好像给人们的心境带来光明。不仅是典夫，所有的人都感到胸中点起了一盏灯。

该是休息的时候了。广一站起身，向山泽一家告别。

"再见。"

"这样多方面地照顾我们，真是感激不尽。"典夫的父亲赶忙答礼。

"典夫君，再见。"绿桑也要告别。

面目清秀的典夫，深情地说：

"再见……明天，再见。"

是啊，广一的心弦被拨动了。"明天再见"这句话才最能表达此时此刻的心情啊。现在，山泽一家已经有了明天。不，不只是山泽一家，所有那些宇宙吉卜赛人，还有大谷先生和香川绿桑，也包括广一自己的家，都存在着明天。

明天……这是谁都有的。但要创造明天，只有靠大家齐心合力地奋斗。

这些宇宙吉卜赛人，都在全国各地找到了工作，典夫的父亲也在东京找到一个技师的差事。下个学期，典夫就要转学去东京了。这一消息是典夫在课堂上宣布的。广一偷偷地看了香川绿桑一眼，绿桑却是对广一轻松地微笑着。

近来绿桑已完全恢复了她原有那开朗、热情的性格。看来，她是在用理智驾驭着自己的感情，她真是一位心地纯净的好同学。

曾经一度为典夫离去而苦恼过的绿桑，后来又以典夫的返回为契机，冷静下来，恢复了正常的思想情绪。其间当然少不了大谷先生的帮助。作为初中学生，男女同学之间的关系，要有一个正确的界限，绿桑意识到这对彼此的成长都是有益的。她还是那样天真无邪，但，有些成熟了。可能是广一还有些神经过敏，他总觉得绿桑的表情里隐藏着一种怀恋感，不过，这是完全用不着担心的事儿。

全班同学都沉浸在恋恋不舍的感情之中，此刻，下课的铃声响了。

和往日一样，广一、典夫和绿桑肩靠肩并排走出校门。

他们三人走出不远，都不约而同地停住了脚步。当他们回头深情地望着校舍时，有几朵报春的樱花，已经抢先开放了。

（孙一祖　缩写）

五万年以前的客人

〔中国〕童恩正

一 天外来客

这是一座无边无际的亚热带森林。

森林中的夜晚是喧闹的。动物在低沉地咆哮，猫头鹰在凄厉地哀鸣。无数小虫用它们毫无间断的声音鸣叫着。

一只花斑的猛虎，用无声无息的步伐在树林中跑着。突然，它停下来了。在月光照耀的林间空地上，一条吃得太饱的蟒蛇，正在憩睡，巨大的蛇身盘成一堆。

猛虎悄悄地移动了几步，然后小心伏在地上。现在只要最后一次跳跃，蟒蛇就将成为它利爪下的猎物了。

然而这一次跳跃并没有实现。天空中传来了一阵隐约的隆隆声。猛虎警觉地竖起耳朵，不安地向四面张望着。动物自卫的本能告诉它，有新的危机来临。

灾祸来得十分突然。东方的天空闪现了一片耀眼的红光，一个巨大的火球，以闪电般的速度向森林冲击过来，接着是一声剧烈的爆炸。

这事发生在公元1645年夏天。半年以后，在北京皇城中一间阴暗的屋子里，一个梳着辫子的官员，用十分工整的字体，在史书上做了下面的记载：

"顺治二年五月，有巨星自东陨落于粤。红光烛地，声如雷鸣……"

二　奇异的石头

郭小林在夏令营中已经六天了。由于今年的夏令营是设立在远离城市的森林中，因此生活就特别紧张和有趣。在这些快乐的日子里，少先队员们参加了各种军事游戏，举行了游泳比赛和爬山比赛，也开了篝火晚会。

今天是孩子们停留在野外的最后一天，他们要举行一次"探险"旅行。这就是说：带上干粮、罗盘，深入原始森林。谁都想抓紧这个机会替学校和少年博物馆采集些植物标本。

在凉爽的早晨，太阳还没有升起的时候，大队就沿着林间的小路出发了。一位伐木工人做了他们的向导。郭小林以大队旗手的身份，走在队伍的最前面，并且还背了个皮盒子，里面装的是指南针。

在行军途中，郭小林虽然也知道伐木工人是绝不会走错路的，但他还是不断地看着指南针。因为这是旅行家的规矩。"迷失方向是探险家的耻辱！"他十分庄严地向同学们解释。

中午，大队到达了目的地——一个伐木工人的工作区。工人们热情地欢迎了孩子们。吃过午饭以后，老师宣布让大家自由活动两小时。郭小林在出发前就和他的朋友挑了战，他们要比赛谁采集的东西多。他一个人爬上了伐木工人木屋后的小山。伙伴们快乐的喧哗声很快就落在身后了。他在树林中钻了很久，然而没有找到什么值得保留的东西。

不知不觉地，郭小林越走越远了。最后，他爬上了一座高山的山顶。这儿的风景真好，绿色的森林像海洋一样延伸到遥远的地平线，几条河流像镜子一样在闪着光。

于是，郭小林又摸出了自己的指南针，准备再校对一下方向，可是一桩奇怪的事发生了。

他清楚地记得，伐木工人的小木屋是向着北方的，山在木屋背后，那么，现在木屋应该在他的北方，可是指南针指示的，木屋却在西南方。

看样子，"探险家的耻辱"——迷失方向的事故已经发生了。郭小林懊恼地摇动着指南针，磁针摇晃着摆动了一会儿，但是木屋还是在西南方。

一个少先队员是不应被这个小问题难住的，于是郭小林折了根树枝插在地下，从树枝的阴影看来，小屋的方向还是应该在北方。当然，用太阳来测定方向是不会错的。。

现在可以肯定，这是磁针出了毛病。郭小林曾经听见老师说过，在某些大铁矿的附近，是可能出现这种现象的。他东张西望看了一会儿，发现就在山背后的树林中间，有一大片黑色的、光秃秃的地方。郭小林的好奇心又发作了，这是不是铁矿呢？

郭小林小心地走下山来，他发现这儿原来是一片沼泽，黑色的、发着臭味的烂泥延伸到远方，像森林中一个黑色的湖泊。和周围阳光照耀、鸟语花香的森林一比，这地方显得死气沉沉：即没有一根青草装饰这黑色的地面，也没有一声鸟叫来冲破这儿的寂静，空气中散发着一种令人感到沉闷的气氛。

如果不是一桩偶然的事引起了郭小林注意的话，他应该是带着失望的心情往回走了（连一点有意义的东西也找不到）。就在离岸边几米的地方，他看见烂泥中有一块石头。

烂泥中发现石头，这是很普通的事，但是真叫人奇怪，这块石头是浮在泥上的。郭小林知道，任何一块石头丢到这样的泥坑中都会一直沉到底的。

郭小林找来了一根长树枝，冒着陷进沼泽的危险，把这块石头拨到岸上来。

这是一块灰褐色的石头，闪着金属的光泽。令人诧异的是这块拳头大的石头，拿在手里却比木头还轻。

"这是什么东西？"

三　天乙星

严寒的深夜。整个北京似乎都已经入睡了。然而李明哲教授却好像忘记了白天工作的劳累，忘记了自己手中的烟斗已经熄灭多时，他面对着桌子上的一份实验报告，陷入了沉思。

5个月以前，科学院收到了一个从广东寄来的包裹，里面装着一块石头。这是一个少先队员在野外发现的。学校教师的来信中说：在拾到这块石头以后，学生们为了要确定它的性质，曾经用酒精灯烧过，也往上面倒过浓硫酸，然而用尽了一切方法，这块石头连颜色也没有变，这引起了大家的重视，于是把它送到科学院来化验。

经过一系列的实验，研究人员向李明哲教授提供了这份几乎令人难以相信的、神话般的报告。正是这份报告，使李明哲教授回忆起了一段遥远的往事。

这是40年前的事。那时，白发苍苍的老教授还是一个朝气蓬勃的四年级大学生。他在数学系念书，却对天文学，尤其是中国古代的天文学发生了浓厚的兴趣。在两千多年来中国的历史书籍中，保存了极为丰富的天文学史料。古代的天文学家们运用简陋的仪器，一代又一代地注视着星空的变化。他们不但从实践中掌握了丰富的天文学知识，而且能将这些知识运用到农业、航海等生产活动上去。年轻的李明哲曾经多次为我们祖先的智慧感到惊异和骄傲。为了想使中国人民在天文学上的成就能在世界天文学史上放出光彩，他立志献身于这门科学。因此他曾选择了一颗在当时广泛引起注意的星，作为自己的研究对象。

这颗星，中国史书上称它为"天乙星"。早在两千多年前，中国伟大的历史学家司马迁写的《史记》中，就有过记载。以后各个朝代的史书中，关于它的记载更加详细。从记载上看，这颗星十分神秘，有很多不可解释的地方。譬如说，从它的亮度看来，它应当离地球很远，但是从它运动的轨道和速度看来，它又应当离地球很近。更奇怪的是：到了1645年，这颗星就突然消失了。国内外好几个学者对它进行研究以后，都得出了一个结论，说中国古代的天文学家关于这颗星的记载都是错误的。一位日本教授甚至称"天乙星"为"谜星"，并且预言，一切企图解开"谜星"之谜的努力，都是不会有结果的。但是，李明哲对自己祖先忠诚的科学态度和卓越的观察能力，有着坚定的信念，没有为这些议论所吓倒，他深信随着科学的发展，"谜星"之谜终有被揭开的时候。

经过了一段长时期艰苦的工作，在搜集了"天乙星"的全部资料并经过成千次的计算以后，李明哲在毕业论文中提出了自己的初步看法：这颗星的运动规律和一切星球不同，可能这颗星不是自然的星球，而是人造的。地球上的人虽然不能造它，但其他星球上的人却可能造它。在当时，这是一个十分大胆的推测，因为在40年以前，世界上既没有火箭，也缺少宇宙航行的知识，关于原子能和放射性同位素的研究也是刚刚开始。论文交出以后，虽然得到了个别老师的赞扬，但是数学系的系主任，一个美国留学生，却在论文后面批了四个大字："胡说八道！"年轻的大学生一气之下，当着系主任的面就把论文烧了。

大学生活已经逝去40年了。然而今晚上，李明哲又回忆起这段往事。他发觉发现这块石头的地点，在1645年曾有一块陨石降落过，这块石头是不是和陨石有关呢？1645年的陨石是不是又和"天乙星"的突然消失有关呢？一系列的联想在他头脑中起伏。

四 探 访

经过几个月紧张的学习，现在已经是举行期终考试的时候了。

放学以后，郭小林先到同学家中去借了几本书，然后很快地跑回家去。考试期中，时间需要抓紧一点。

"你怎么现在才回来？"妈妈在楼梯口迎着他，"客人已经等你一个多钟头了。"

"客人？"郭小林说，"有谁找我复习功课吗？"

他跑进房门，立刻就愣住了。坐在房中的不是他的同学，而是三个大人。其中有一个戴眼镜的老人。

"郭小林吗？"这老人看出他的尴尬样子，"我们是科学院的。我叫李明哲，这两位是我的助手。"

"李明哲教授！"郭小林简直不相信自己的眼睛，站在自己面前的和蔼的老人就是有名的数学家李明哲教授。报纸上经常以很大篇幅介绍他在天文学方面的成就。目前他正领导着一个研究机构，从事一种大型人造卫星的制造工作。

"去年夏天，我们曾经收到过一块奇怪的石头，这是你在野外找到的，没有忘记吗？"

郭小林想了一会，便把自己发现那块石头的经过说了一遍。他发觉三个客人对他的介绍十分注意，因此便尽力说得详细一些，连一点细节也不敢忽略。

"太好了！"教授满意地敲了敲烟斗，"如果我们到森林中去，你还可以找到那块地方吗？"

"能找到，因为那儿的方向我记得很清楚。什么时候去？"

"明天。"

"明天？不行呀！我还要考试呢。"郭小林说。

"我们会替你请假，让你补考。"教授安慰他，"这项工作有重要的意义，老师会同意你去的。"

"你们要去找什么呢？那块石头到底是什么东西？"郭小林问。

看了郭小林那种激动和好奇的眼光，教授笑了一笑说："刚才我听你妈妈说，你长大了想成为一个天文学家，是吗？"

"是的。"郭小林不好意思地承认。

"好极了！"教授笑眯眯地说，"一个优秀的天文学家，除了必须有丰富的知识以外，还要具有高度的忍耐力，要随时克制自己的急躁情绪。因为天空中的变化是极其缓慢的，对于一颗星的观测，有时需要几十年持久不懈的努力才能取得一点成绩。从现在开始，锻炼一下你的忍耐力吧。在没有去实地考察以前，我不能回答你的问题。没有根据的推测是违反科学的。再见了，小弟弟！今天好好休息吧！明天早晨8点，我们派车子来接你。"

第二天早晨整8点，教授的汽车就以科学家所特有的准确性停在郭小林的家门外。

汽车顺着光滑的柏油路向山区急驶。在路上，郭小林虽然有很多问题想问教授，可是他想起了一个天文学家应具备的条件。为了锻炼自己的忍耐力，他没有开口。教授也没有谈到那块石头，只是问问他的学习情况。

三天后，汽车到达了森林地带，在那儿有一架"北京—102"型的直升机在等着他们。几小时以后，飞机就像一只大蜻蜓一样，轻轻地在伐木工人的住地降落了。

从这儿出发，郭小林毫不费力地领着科学家们找到了那块沼泽地。

"就在这儿！"郭小林指出了发现石头的地方。

教授严肃起来了。他对这地方的地形，周围的植物分布状况，做了详细的考察。从各个角度向这块沼泽地拍了许多相片；他的助手捧着一个很复杂的仪器到处走动，念着一些数字。从这两个年轻人兴奋得发红的脸上，郭小林知道他们已经有了很重要的收获了。

"我们要排干这儿的水，进行一次大规模的发掘。"在调查结束以后，教授说，"现在首先要订出详细的计划来。回去吧！"

在归途上，教授不停地在笔记本上计算着什么东西。他的两个助手在激动地低声交谈着，郭小林只听到他们的话中不断出现"不可思议！""这个发现要震惊世界！"等等带有惊叹号的句子。这时郭小林的好奇心已经强烈得没法遏制，"天文学家的忍耐力"终于彻底垮台了。他鼓足勇气轻轻地问道："你们究竟发现了什么东西？"

教授思索了一下，回答他说："现在可以向你说明一下我们对这件事的推测。由于对这个问题的研究刚开始，所以在某些方面还只是一个假设。……"

五　教授的话

去年夏天，科学院接到你的赠品后，我们立刻进行了一系列的物理和化学试验，企图确定它的性质。但是我们很快就发现了，这不是一块天然的石头，而是一种合金。它具有难以想象的坚硬性和耐高温性；尤其重要的是，这种合金具有极强的吸收各种辐射线的特性。然而，它的成分和构造，直到现在，我们还没有弄清楚。这是一种高度智慧的创造，这种科学技术的成就，已经远远超出了我们现代的科学水平。这种合金是在另外一个世界，由另外一种生物所制造的。

历史记载告诉我们，1645年，曾经有一块陨石坠落在这个地方。刚才我们的观察也证实了这点。由于陨石降落时所引起的爆炸和空气的震动，周围的树木都死亡了，地面也由于巨大的冲击而形成了一个大坑，以后注满了水，就成了那块沼泽。

300年以来，人们都认为降落在这儿的是一块普通的陨石，可是由于这块合金的发现，使我们知道这不是一块陨石，而是一支火箭。这是在别的星球上生活的、具有高度智慧的生物向地球发射的一支火箭。用这种合金制造火箭，不但轻便坚固，并且因为它具有吸收辐射线的能力，所以可以防止宇宙射线和火箭本身原子能发动机所放射的有害的射线对人体的伤害。我们毫不怀疑这支火箭上已经使用了原子能发动机，因为高速度的、能够在星际航行的火箭，只有使用原子能发动机才有可能。

现在我们要来考察一下，这支火箭是从哪一个星球上放射出来的。在这里，我要向你谈一点天文学方面的知识。太阳，加上9颗围绕太阳旋转的行星，以及另外一些围绕行星旋转的卫星，就构成了我们的太阳系。在太阳系以外，又有无数的恒星和行星，其中离地球最近的一颗恒星是半人马座的爱发（a）星，它距离地球4光年，这就是说，从这颗星到地球，用光的速度每秒钟30万公里的速度来走，也要走4年。即使是使用原子能发动机的火箭，要走这样长的距离，几乎也是不可能的事。因此我们断定，这支火箭不会是从太阳系以外的星球发射的。

在太阳系以内，离地球最近的一颗行星就是火星。这是一颗十分有趣的星，100多年来，科学家曾经不止一次地为它的某些神秘现象所迷惑，譬如说：它表面上的运河网，它那与地球多少有些相似的自然条件，以及它那两颗卫星所显示出来的一些反常现象，等等。在很长的时期中，人们都相信火星上是有高级生物居住的。最后，有一位科学家，终于以大量的事实，证明火星上的确有高级生物，他们具有高度的科学水平，火星的两颗卫星就是他们放射的人造卫星。这种生物既然能够发射直径达到几公里的人造卫星，自然也能够向地球发射火箭。因此，我们初步肯定，这支火箭是从火星上发射的。

不过当我们对那块合金进行研究的时候，我们又发现了另一种奇怪的现象：从合金中某几种稀有金属的放射性同位素所提供的资料看来，这块合金至少已经有5万年的历史，也就是说，它是在5万年以前制造成的，而火箭也应当在5万年以前就发射出来了。

肯定火箭是5万年以前由火星上的生物发射以后，我们还要解决另外一个问题，这就是5万年以前发射的火箭，怎么会等到1645年才坠落到地球上来呢？我的推测是这样的：这支火箭发射以后，在它遥远的航程上，经受住了一切考验，很顺利地到达了离地球很近的地方。可是就在这时，也许是机器发生了故障，也许是驾驶员操纵的错误，火箭突然失去了推进力，于是，它便由于自己的惯性而围绕着地球旋转，成为地球的一颗"人造卫星"。它不会掉到地上来，因为它旋转时所产生的离心力刚好和地球的吸引力相等。坐在这支火箭里的生物，已经能够用望远镜看到地球上云雾弥漫的美丽景象，但他们却永远不能达到这个目的地了。

在距离地球几万公里的高空是没有空气的，所以这支火箭也不会遇到任何阻力，它只是用原来的速度一圈又一圈地围绕着地球旋转。就这样经过了5万年。在这段漫长的时期中，人类在进化着。大约两千年以前，中国古代的天文学家就发现了这颗与众不同的"星"，并且把它的运行规律在史书中记载下来。这就是历史上有名的"天乙星"，日本人称它为充满了谜的"谜星"。我曾将"天乙星"的运动规律，与火星发射火箭到地球的运动规律，进行过一次初步的计算，这两个数字恰好是符合的。

这支火箭，原来是可以永远运动下去的，但到了1645年，一次偶然的事件使它遭到了毁灭。我们知道，在宇宙空间里，有无数高速运动的小石头在飞行。这些小石头有时被地球吸住，以每秒钟100公里的速度飞进地球的大气里，因为和空气摩擦发生高热，便放出很强的光，这就是我们在夏天晚上时常看到的流星。从精确的数学计算可以知道，1645年旧历五月，地球正好经过一块小石头最密集的空间，受到了一次最厉害的"流星雨"的袭击。在雨点一样的流星的冲击下，地球大气层以外运动的火箭，就被一颗流星碰上了。由于剧烈的碰撞，火箭脱离了自己的轨道，就像一颗普通的流星一样，坠落到我们的地球上来。火箭掉下来以后，它上面储藏的原子能燃料发生了某种变化，使得那块沼泽里充满了对生物不利的辐射线。我们刚才用仪器测量的结果证明了这一点。因为在那个沼泽中既没有一根水草，也没有一条爬虫。上次你的磁针失灵，也正是辐射线的影响。火箭的一块碎片被你无意中拾到了，其他的部分一定还保留在那个沼泽中间，经过发掘，我们一定可以找到的。

等到我们分析出这种合金的成分以后，我们就可以开始制造了。同时我们还可能在发掘中找到更多的东西。这一切都会帮助我们进一步掌握星际间航行的火箭技术。人类征服宇宙的宏伟计划将更快地实现了。